أخوة بلا حدود

صفحة العنوان
أخوة بلا حدود
بقلم بيتو غارسيا
الطبعة الأولى: ديسمبر 2024

عنوان الكتاب:
أخوة بلا حدود
المؤلف:
بيتو غارسيا
الطبعة الأولى:
ديسمبر 2024

تم النشر ذاتيًا بواسطة المؤلف بيتو غارسيا.
تصميم الغلاف: بيتو غارسيا
تحرير: بيتو غارسيا
للتواصل:

Gbalbert1968@gmail.com

الشكر والتقدير:
إلى جميع من ألهموا هذه القصة ودعموا إنجازها.

فِهرِس

المقدمة

كان صدى كرات السلة يتردد في الملعب الصغير في الحي، حيث كان ستة أطفال يلعبون بحيوية لا تعرف الكلل. كان مكاناً عادياً، بخرسانة رمادية وخطوط بيضاء متآكلة، ولكن في هذا الملعب وُلد شيء غير عادي. في سن السابعة، كانوا يتشاركون الضحكات والسقطات والأهداف في شغف وحدهم دون أن يدركوا. كانوا يلعبون لساعات تحت الشمس الحارقة والنجوم الخافتة، غير مكترثين بمن جاء من أين. كان كل شيء لعبة، وكل شيء صداقة.

ومع مرور الوقت، أدركوا أنهم لم يكونوا يشاركون حب كرة السلة فقط، بل شيئاً أعمق وأكثر رمزية؛ كل منهم جاء من زاوية مختلفة من العالم. ستة أطفال، ست قارات. جمعتهم الصدفة، ولكن الصداقة كانت ما يبقيهم معاً. قرروا أن تكون مجموعتهم ليس مجرد فريق كرة سلة، بل رمز للوحدة التي تتجاوز الحدود. معاً، حلموا بكسر الحواجز الخفية التي تقسم الناس حسب الجنسيات واللغات أو المعتقدات. فريقهم، أخوتهم، سيكون منارة لإظهار أن الصداقة لا تعرف الحدود.

الأصدقاء الستة

(كاي (آسيا

ولد كاي في قرية قريبة من جبال التبت. في سن مبكرة، تدرب على يد راهب شاولين علمه فن الكونغ فو والانضباط الجسدي والعقلي. هو هادئ وحكيم بالنسبة لعمره، ودائماً ما يبحث عن الحلول السلمية. قوته الجسدية والعقلية تجعله مركزاً للهدوء في المجموعة.

(أمادو (أفريقيا

أمادو طيب القلب ويفكر دوماً في الآخرين. ولد في كينيا، في أسرة كبيرة، ومنذ صغره كان لديه موهبة الاستماع وفهم مشاعر الآخرين. هو القلب النابض للمجموعة، يجمع الجميع بتعاطفه وقدرته على حل النزاعات.

(لوكا (أوروبا

لوكا، وُلد في إيطاليا، هو العقل المدبر وراء خطط المجموعة الأكثر طموحاً. منذ صغره، أظهر موهبة استثنائية في الكمبيوتر والتكنولوجيا. إذا كانت هناك

مشكلة تقنية أو شيء يحتاج إلى حل، فإن لوكا دائماً يجد الحل. ذكاؤه وإبداعه كثيراً ما يفاجئان أصدقاءه.

ليو (أمريكا الشمالية)

ليو هو الأكثر رياضية في المجموعة. ولد في الولايات المتحدة وكان لديه دائماً شغف بالرياضة. ليس فقط ماهراً في كرة السلة، بل في كل رياضة يجربها تقريباً. طاقته معدية، وهو المسؤول عن رفع الروح المعنوية عندما تصبح الأمور صعبة.

تاهو (أوقيانوسيا)

تاهو، من نيوزيلندا، هو الأكثر مغامرة في المجموعة. اسمه، الذي يعني "الصاعد" في الماورية، يعكس روحه الحرة وحبه للطبيعة. دائماً يبحث عن المغامرة التالية، سواء كانت استكشاف مكان جديد أو مواجهة تحد غير متوقع. هو شجاع ودائماً على استعداد لدعم أصدقائه.

مالك (أمريكا الجنوبية)

مالك أصله من البرازيل، ودائماً ما يتمتع برؤية متفائلة للحياة. يحب الموسيقى والرقص، وروحه الفكاهية وفرحته الدائمة تضيء أي موقف. لكنه أيضاً متأمل، دائماً يفكر في كيفية تحسين العالم من حوله، ويحلم بمجتمع أكثر عدلاً ووحدة.

أخوة بلا حدود

معاً، شكل هؤلاء الأصدقاء الستة فريقاً يتجاوز كرة السلة، يتجاوز اللغات والثقافات. كان حلمهم هو عالم حيث لا تفرق الاختلافات بين الناس، بل تجمعهم. ورغم أن ملعبهم ظل كما هو، في قلوبهم لم يعودوا يلعبون فقط من أجل المتعة؛ كانوا يلعبون من أجل تغيير العالم.

هذا هو بداية قصتهم. قصة صداقة ومغامرات، وكيف اكتشف ستة أولاد من زوايا مختلفة من الكوكب أنه معاً، يمكنهم هدم الحدود التي تقسم العالم.

مقدمة: أخوة بلا حدود

في عالم يتزايد انقسامه بسبب الحدود الخفية وصراعات القوى، قرر ستة شباب من زوايا مختلفة من الكوكب الاتحاد بهدف فريد: تحدي النظام، كسر الحواجز، وتغيير مصير أولئك الذين نسيهم العالم. كاي، أمادو، لوكا، ليو، تاهو، ومالك جاءوا من قارات مختلفة، لكنهم يتشاركون حلمًا واحدًا: عالم بلا تقسيمات، حيث تكون العدالة ليست امتيازاً للقلة.

هؤلاء ليسوا مجرد رياضيين. يلعبون كرة السلة بشغف ومهارة، لكن قوتهم الحقيقية تكمن في إرادتهم التي لا تتزعزع لمحاربة الظلم. تحت راية أخوة لا تعترف بالحدود، يستخدمون مواهبهم ليس فقط في الملعب، بل في الشوارع، في الأحياء الفقيرة، وفي قلوب من يحتاجونهم أكثر. هم شباب لديهم خطة جريئة: سرقة البنوك، تحويل الثروات، وإعادة توزيع ما سلبه النظام من الأكثر ضعفاً. لا يفعلون ذلك بدافع الجشع، بل بدافع رغبة عميقة في شفاء عالم محطم.

من شوارع فيلادلفيا النابضة بالحياة إلى أقصى زوايا الكوكب، اكتسب "الأصدقاء الستة من القارات" سمعة خطيرة وبطولية. سرقاتهم هي أعمال تمرد، لكنها أيضاً تضامن. لا يسعون إلى الشهرة أو المجد، بل إلى العدالة. ولكن، تحدي النظام ليس بالأمر السهل؛ فالقوى الأكثر ظلاماً والأقوى في العالم مستعدة لإيقافهم بأي ثمن.

مع تقدم القارئ في هذه القصة، سيكتشف أن كل سرقة، وكل حركة في الملعب، هي أكثر من مجرد عمل تمرد؛ إنها صرخة أمل. إنها تذكير بأنه حتى في أحلك الأوقات، يمكن لمجموعة من الشباب أن ينهضوا ويغيروا العالم. يعبرون القارات والثقافات، يتحدون القواعد ويواجهون مخاوفهم الخاصة، ويكافحون ليس فقط من أجل العدالة، بل من أجل احتمال غدٍ أفضل.

هذه ليست قصة عن سرقات بسيطة أو مباريات كرة سلة؛ إنها قصة عن الشجاعة، والصداقة، والإيمان بأنه معاً، يمكننا هدم أي حدود.

أخوة بلا حدود" ليست مجرد رواية أكشن. إنها تصريح بأن التغيير الحقيقي"
يبدأ مع من يجرؤون على الحلم الكبير، على تحدي المستحيل، وجعل العدالة لعبة
فريق.

الفصل الأول: أصل الصداقة

كانت فيلادلفيا مدينة نابضة بالحياة ومتنوعة، مليئة بالقصص والثقافات واللهجات المختلفة التي تمتزج في شوارعها. في حي صغير من المدينة، كانت هناك ساحة كرة سلة قديمة تآكلت بفعل الزمن، لكنها بالنسبة لستة أطفال كانت أكثر من مجرد مكان للعب. كانت ملجأهم، ومكان لقائهم، والمسرح لصداقة ستغير حياتهم.

منذ أن كانوا في السابعة من العمر، كان هؤلاء الأطفال يجتمعون في تلك الساحة تقريبًا كل يوم. في البداية، كانوا مجرد رفاق في اللعب، ولكن مع مرور الوقت، بدأوا يكتشفون شيئًا مميزًا يجمعهم: لقد وُلدوا في قارات مختلفة، وهذا كان يربطهم بطريقة خاصة. لم يكن فقط حب كرة السلة ما يجمعهم، بل رؤية مشتركة للعالم، رؤية تحلم بكسر الحدود وتوحيد الناس بغض النظر عن أصولهم.

ألعاب ومغامرات في المدينة

في تلك الساحة بفيلادلفيا، شارك الأصدقاء الستة أكثر من مجرد كرة سلة. كل منهم جلب شيئًا فريدًا إلى المجموعة، مما خلق مزيجًا رائعًا من المواهب والألعاب والأفكار. أمادو، المولود في كينيا، كان الأكثر هدوءًا بين المجموعة، ولكن هدوءه كان يخفي حكمة عميقة. فقد أمادو والديه عندما كان صغيرًا، ومنذ ذلك الحين عاش مع عمته. على الرغم من أن حياته لم تكن سهلة، لم يكن يشتكي أبدًا، بل كان يستخدم كرة السلة وألعابه مع أصدقائه كوسيلة للهروب والشعور بأنه ينتمي لشيء أكبر. كان الأصدقاء الآخرون يعلمون أن صداقة أمادو معهم تعني له كل شيء، حتى وإن لم يتحدث كثيرًا عن ماضيه.

كاي، الطفل القادم من آسيا، أتى بمهارات مدهشة. وُلد في قرية صغيرة في التبت، وتعلم على يد راهب شاولين الذي علمه مبادئ الكونغ فو والانضباط العقلي. على الرغم من أنه كان يبلغ فقط عشر سنوات، كان كاي سيدًا في فن التركيز والصبر. غالبًا ما كان يقود أصدقاءه في ألعاب تجمع بين المغامرة والفلسفة، حيث لم يكن الهدف هو الفوز فقط، بل التعلم شيء جديد عن أنفسهم.

كانت التحديات التي يقترحها كاي ليست فقط جسدية، بل ذهنية أيضًا، وكان أصدقاؤه يحترمونه لحكمته.

لوكا، القادم من إيطاليا، كان المخترع في المجموعة. منذ صغره، أظهر شغفًا لمعرفة كيفية عمل الأشياء. كان يفكك الراديوهات وأجهزة الكمبيوتر القديمة وأي جهاز يقع بين يديه. في غرفته في فيلادلفيا، كان لديه ركن مليء بالقطع المتناثرة، والأسلاك، والأدوات. لوكا كان دائمًا يبتكر طرقًا جديدة لجعل وقتهم معًا أكثر إثارة، سواء من خلال إنشاء أدوات صغيرة لكرة السلة أو تصميم ألعاب فيديو كان يقوم ببرمجتها بنفسه. كان اختراعه بلا حدود، وكان أصدقاؤه معجبين بإبداعه.

ليو، المولود في الولايات المتحدة، كان العقل المفكر في المجموعة. لم يكن فقط ماهرًا في الرياضة، بل كان أيضًا متميزًا في المدرسة. كان دائمًا يقرأ أو يبحث عن شيء جديد، وكان يمكنه حل المشكلات بسرعة مذهلة. كان ليو من هؤلاء الأطفال الذين يبدو أنهم يعرفون قليلاً عن كل شيء. كان شغفه بالتعلم يجعله مميزًا، لكنه لم يكن يتفاخر بذلك. بدلاً من ذلك، كان يستخدم معرفته لمساعدة الآخرين وتبسيط الأفكار المعقدة لجعلها مفهومة بسهولة. عندما لم يكونوا يلعبون كرة السلة، كان ليو دائمًا يجلب تحديًا أو لغزًا يختبر به عقول أصدقائه.

تاهو، المغامر في المجموعة، جاء من نيوزيلندا وكان دائمًا لديه قصة مثيرة يرويها عن وطنه. على الرغم من أنه يعيش الآن في فيلادلفيا، لم يفقد أبدًا حبه للطبيعة والاستكشاف. مع تاهو على رأس المجموعة، كان الأصدقاء الستة غالبًا ما يغادرون الساحة لاستكشاف الأماكن المحيطة، بحثًا عن مغامرات في الحدائق، الغابات، أو الشوارع الأقل استكشافًا في المدينة. كان لتاهو طاقة معدية، وكان دائمًا يشجع أصدقائه على تجربة أشياء جديدة، من إشعال النار التخيلي إلى تسلق الأشجار العالية.

مالك، القادم من البرازيل، كان الأكثر بهجة في المجموعة. كان حبه للموسيقى والرقص يملأ الساحة بالحياة. كان دائمًا يحمل معه مكبر صوت صغير، وبينما كان الآخرون يركزون على كرة السلة، كان مالك يضع الموسيقى ويبدأ في الرقص. كانت مهارته في الرقص مذهلة، وسرعان ما كان الآخرون يحاولون مجاراته في الرقص، رغم أن أحدًا لم يصل لمستواه. كان لمالك نظرة متفائلة

للحياة، وكان ضحكه هو ما يحافظ على ترابط المجموعة حتى في أصعب الأيام. بالنسبة له، كانت الصداقة تعني كل شيء، وكان دائمًا يفكر في كيفية جعل أصدقائه يشعرون بالسعادة.

صداقة فريدة من نوعها

بينما كانوا يكبرون، بدأ الأطفال الستة يدركون أن صداقتهم كانت مميزة. وُلدوا في نفس العام، 2035، ولكن في ست قارات مختلفة، وشعروا كأنهم قطع من أحجية فريدة. كانت أصولهم المختلفة ليست عقبة، بل قوة. عندما كانوا يتحدثون مع بعضهم البعض، كانوا يشاركون قصصًا عن ثقافاتهم وعائلاتهم وتجاربهم، وشيئًا فشيئًا، بدأوا يفهمون شيئًا لم يدركه باقي الأطفال في سنهم: العالم كان أكبر بكثير من فيلادلفيا، وأنهم بطريقة ما يمثلونه كله.

كل واحد منهم جلب شيئًا خاصًا للمجموعة. أمادو، بقلبه الطيب وصبره؛ كاي، بحكمته الهادئة وانضباطه؛ لوكا، بذكائه وإبداعه الذي لا حدود له؛ ليو، بعقله وقدرته على القيادة؛ تاهو، بروحه المغامرة وحبه للطبيعة؛ ومالك، بفرحه المعدي وقدرته على إسعاد الجميع. معًا، كانوا يشكلون فريقًا لا يقهر.

في تلك الساحة في فيلادلفيا، بين الضحك والألعاب والمغامرات، بدأت فكرة تتشكل: إذا استطاعوا أن يكونوا متحدين رغم اختلافاتهم، فلماذا لا يستطيع بقية العالم فعل ذلك؟ ورغم أنهم كانوا ستة أطفال فقط، كانوا يعلمون أن تلك الصداقة، المبنية على التنوع، لديها القدرة على تغيير حياتهم إلى الأبد.

الفصل الثاني: الطريق إلى فيلادلفيا

مع نمو الأصدقاء الستة، كان من المحتم التساؤل عن كيفية وصول كل واحد منهم إلى فيلادلفيا. رغم اختلاف حياتهم، إلا أنهم كانوا يشتركون في مصير مشترك: فقد التقت حياتهم في مدينة الحب الأخوي، حيث أزهرت صداقتهم. جاء كل واحد منهم من ركن مختلف من العالم، وسلك كل منهم طريقه الخاص للوصول إلى هذه المدينة التي أصبحوا يعتبرونها وطنهم.

أمادو: الطفل الصامد

وُلِد أمادو في قرية صغيرة في كينيا. بدأت حياته بصعوبات، حيث فقد والديه في حادث عندما كان عمره ثلاث سنوات فقط. منذ ذلك الحين، تربى على يد عمته، وهي امرأة قوية انتقلت إلى الولايات المتحدة بحثًا عن مستقبل أفضل لهما. أصبحت فيلادلفيا منزله الجديد، حيث وجدت عمته عملاً كممرضة في مستشفى المدينة.

على الرغم من أن الحياة في المدينة لم تكن سهلة، إلا أن عمته علمت أمادو أهمية البقاء قويًا وعدم الاستسلام للمصاعب. أصبحت ساحة كرة السلة ملاذًا له، حيث كان يهرب من ألم فقدان والديه لبضع لحظات بينما يلعب مع أصدقائه. رغم ماضيه المؤلم، كان أمادو الأكثر طيبةً بين المجموعة، وكانت قدرته على التعاطف مع الآخرين تجعله مميزًا، ووجد عزاءً في الصداقة التي بناها مع الآخرين.

كاي: حكمة الشرق الأقصى

وُلِد كاي في قرية نائية في التبت، في قلب آسيا. منذ صغره، كانت حياته تتسم بالانضباط واحترام التقاليد القديمة. تربى جزئيًا على يد مجموعة من رهبان شاولين، الذين علموه ليس فقط الكونغ فو، بل أيضًا أهمية التأمل والتوافق مع الذات. قرر والده، رجل الأعمال، أنه حان الوقت للبحث عن فرص جديدة، وهكذا انتقل كاي وعائلته إلى فيلادلفيا عندما كان في الخامسة من عمره.

كانت وصوله إلى المدينة صدمة ثقافية له. انتقل من هدوء المعابد التبتية إلى ضوضاء مدينة كبيرة. ومع ذلك، أصبحت ساحة كرة السلة ملاذًا جديدًا له. ورغم صعوبة التكيف في البداية، إلا أنه وجد في الرياضة وسيلة للتعبير عما لا يمكن

للكلمات أن تقوله. من خلال كرة السلة، بدأ كاي في التواصل مع الأولاد الآخرين، ووجد فيهم عائلة تشارك رؤيته للعالم، حيث يمكن أن يتعايش الانضباط والمرح.

لوكا: مخترع الأحلام

وُلد لوكا في إيطاليا، في منطقة توسكانا، في عائلة من المخترعين والحرفيين. منذ صغره، أظهر لوكا اهتمامًا طبيعيًا بكيفية عمل الأشياء. شجعه والداه على استكشاف إبداعاته، مما دفع لوكا إلى تفكيك وإعادة تجميع كل ما يقع تحت يديه. حصل والده، المهندس الميكانيكي، على عرض عمل في شركة تكنولوجية في فيلادلفيا، وهكذا حزمت العائلة أمتعتها للبدء بحياة جديدة في الولايات المتحدة.

كانت فيلادلفيا جنة من الفرص للوكا. بفضل توفر التكنولوجيا والأدوات، بدأت مشاريعه وأفكاره تتحقق بشكل أكثر طموحًا. تحولت غرفته إلى ورشة صغيرة مليئة بقطع غيار، وكان أصدقاؤه دائمًا معجبين باختراعاته. بالإضافة إلى ذلك، سمحت له فضوله الطبيعي بفهم كرة السلة من منظور استراتيجي، فابتكر خططًا ذكية حافظت على حماس المجموعة.

ليو: العقل والقلب

وُلد ليو في حي من الطبقة المتوسطة في فيلادلفيا. على عكس أصدقائه، لم يكن عليه الانتقال من بلد بعيد؛ ولكن هذا لم يجعل قصته أقل إثارة. منذ صغره، أظهر ليو ذكاءً لامعًا. شجعه والداه، وكلاهما أستاذ جامعي، على متابعة اهتماماته، وكبر ليو محاطًا بالكتب والمناقشات المحفزة. لكن رغم تفوقه الدراسي، كان يشعر دائمًا أن هناك شيء ما ينقصه.

عندما التقى بالأولاد الآخرين في ساحة كرة السلة، وجد ما كان ينقصه: رابط يتجاوز العقل، صداقة حقيقية تتجاوز الإنجازات الأكاديمية. رغم أنه كان عقل المجموعة، كان لدى ليو أيضًا قلب كبير، وكان دائمًا يهتم براحة الآخرين. كانت فيلادلفيا وطنه، ومشاركتها مع أصدقائه من جميع أنحاء العالم تمنحه إحساسًا بالهدف والانتماء لم يشعر به من قبل.

تاهو: المغامر من نيوزيلندا

وُلد تاهو في نيوزيلندا، في عائلة متصلة بالطبيعة بشدة. كان والداه من علماء الأحياء البحرية، ومنذ صغره، تعلم تاهو حب المحيط والغابات والجبال. كان

روحه حرة وعطشه للمغامرة يميزه. ولكن عندما حصل والده على عرض عمل في معهد بحثي في فيلادلفيا، قررت العائلة الانتقال للاستفادة من الفرصة.

كانت الانتقال صعبًا على تاهو. الانتقال من الطبيعة الخلابة في نيوزيلندا إلى شوارع فيلادلفيا جعله يشعر بالحصار في البداية. ولكن كل شيء تغير عندما التقى بأصدقائه. معًا، بدأوا في استكشاف المدينة، واكتشاف المتنزهات والغابات الحضرية والزوايا المخفية التي ذكّرته بوطنه. أضاف تاهو إلى المجموعة حبه للمغامرة وطاقته التي لا تنضب، ودفع الجميع للخروج من منطقة راحتهم ورؤية العالم بعين الفضول.

مالك: ابن الإيقاع

وُلد مالك في البرازيل، في الأجواء الحيوية والدافئة في ريو دي جانيرو. كانت عائلته دائمًا محاطة بالموسيقى والبهجة. كانت والدته مغنية سامبا، ووالده راقص كابويرا، مما جعل حياة مالك مليئة بالإيقاع والحركة. منذ صغره، أظهر مالك موهبة طبيعية في الرقص والموسيقى، ورغم استمتاعه بالحياة في البرازيل، فإن تغييرًا مفاجئًا دفعهم للانتقال إلى فيلادلفيا، حيث حصل والده على وظيفة كمدرب كابويرا في مركز ثقافي.

كانت فيلادلفيا تغييرًا، لكن مالك لم يفقد أبدًا طاقته المعدية. كان يحمل معه الموسيقى وإيقاع موطنه، ورغم اختلاف المدينة، وجد طرقًا للتعبير عن حبه للرقص والموسيقى. في ساحة كرة السلة، كان مالك دائمًا يشغل الموسيقى، وسرعان ما انتقلت عدواه إلى أصدقائه. بالنسبة لمالك، كانت الحياة احتفالاً، وبغض النظر عن مكانه في العالم، كان دائمًا يجد أسبابًا للابتسام وجعل الآخرين يبتسمون.

مصير مشترك

كانت فيلادلفيا، بالنسبة لكل منهم، تمثل شيئًا مختلفًا: ملاذًا، فرصًا، أو مجرد وطن. ولكن بالنسبة لهم جميعًا، كان الأهم هو أنهم وجدوا عائلة هناك. على الرغم من اختلاف قصصهم، كانت ساحة كرة السلة هي مركز صداقتهم. معًا، كانوا يتشاركون أحلامهم ومخاوفهم وآمالهم، ورغم أنهم جاءوا من زوايا مختلفة من العالم، كانوا مقتنعين بأن القدر جمعهم لسبب.

في كل مباراة، في كل محادثة، بدأوا في تصور مستقبل حيث لن تفرقهم اختلافاتهم، بل ستوحدهم أكثر. كانوا يعلمون أنهم فريدون، وكان ذلك يمنحهم قوة خاصة، قوة لا يفهمها إلا هم. كانت فيلادلفيا وطنهم، لكن صداقتهم تجاوزت أي حدود، وهذا هو الأمر الذي كان يهم حقًا.

الفصل 3: التحدي في الملعب

كان ظهيرة دافئة ومشمسة في فيلادلفيا، واحدة من تلك الظهيرات المثالية للعب كرة السلة. الأصدقاء الستة، كعادتهم، وصلوا إلى الملعب في الحي بنية الاستمتاع بلعبتهم المفضلة. ضحكات مالك وتاهو كانت تتردد أثناء الإحماء، بينما كان كاي يتمدد بهدوء في زاوية، دائمًا يركز على الحفاظ على توازن جسده. ليو ولوكاس كانا يضبطان قواعد المباراة الودية التي سيلعبونها، وأمادو، بهدوئه المعتاد، كان ينظر إلى السماء، مستمتعًا بالنسيم الذي كان يهب بلطف.

ومع ذلك، عندما كانوا يستعدون لبدء المباراة، اقترب من الملعب مجموعة من الأولاد الأكبر سنًا، ربما كانوا في السابعة عشرة من العمر. كانوا خمسة في المجموع، طويلين، أقوياء، وبنظرات متحدية. قائد المجموعة، وهو فتى ضخم عليه وشم على ذراعه، خطا للأمام، ونظر مباشرة إلى ليو دون تردد.

"هذا الملعب أصبح ملكنا الآن"، قال بصوت جاد ومتسلط. كان اسمه بترس، معروفًا في الحي بسلوكه المتعجرف وميله للتورط في المشاكل.

تبادل الأصدقاء النظرات بينهم، مدهوشين. كانوا يلعبون هناك دائمًا دون مشاكل، لكن هؤلاء الأولاد لم يبدو أنهم مستعدون للمشاركة.

"كيف يعني ملككم؟"، سأل تاهو، يتقدم بخطوة إلى الأمام مع رفع حاجب واحد. "لقد لعبنا هنا لسنوات، هذا الملعب للجميع."

ابتسم بترس باستخفاف، متجاهلاً تعليق تاهو. أحد أصدقائه، فتى طويل يدعى ديريك، أضاف:

"هيا يا أطفال، حان الوقت لتذهبوا إلى بيوتكم وتلعبوا بألعابكم. اتركوا الملعب للاعبين الحقيقيين"

توتر الجو بسرعة. حاول مالك، الذي كان دائمًا يحاول الحفاظ على الأمور خفيفة، تهدئة الوضع.

"هيه، لا داعي للشجار، أليس كذلك؟ يمكننا مشاركة الملعب"، قال بابتسامة. لكن بترس قاطعه بحدة.

"لا مشاركة. أنتم تخرجون، أو نجعلكم تخرجون."

رأى ليو، الذي كان دائمًا الأكثر هدوءًا وتحليلاً، أن هذا لن يتم حله بالكلمات فقط. كان يعلم أن المواجهة الجسدية مع هؤلاء الأولاد ليست خيارًا. لذا، وبعينين تلمعان بالذكاء، قدم اقتراحًا.

"حسنًا، إذا كنتم تريدون الملعب كثيرًا، فلنلعب مباراة من أجله"، قال ليو، مما فاجأ الجميع. نظر إليه أصدقاؤه، مرتبكين قليلاً، لكنهم كانوا يثقون به. "مباراة كرة سلة. إذا فزتم، سنغادر ولن نعود للعب هنا. لكن إذا فزنا نحن، ستغادرون ويبقى الملعب لنا."

ضحك بترس، ونظر إلى أصدقائه بذهول.

"هل تتحدانا لمباراة؟ لنا نحن؟"، سخر. "ليس لديكم أي فرصة، لكننا نقبل. سيكون من الممتع سحقكم."

تبادل أصدقاء ليو نظرات القلق، لكن عندما رأوا الثقة في عيني قائدهم، عرفوا أنهم يجب أن يحاولوا. بدأ مالك، دائمًا متفائل، يتحرك بحماس، بينما كان تاهو يتخيل بالفعل الخطط التي سيقومون بها. كاي، بهدوئه المعتاد، أومأ برأسه، عارفًا أن المفتاح يكمن في الحفاظ على التركيز.

المباراة الحاسمة

بدأت المباراة بكثافة غير متوقعة. الأولاد الأكبر سنًا كانوا سريعين وأقوياء، لكن ليو وفريقه كانوا يملكون شيئًا آخر: التنسيق والاستراتيجية. لوكاس، بعقل المخترع، بدأ بتصميم خطط مرتجلة، وكان ليو ينفذها بدقة متناهية. تاهو، دائم المغامر، كان يركض في جميع أنحاء الملعب، متجاوزًا الأولاد الأكبر منه برشاقته.

كاي، بتدريبه الشاوليني، كان يتحرك كما لو كان في حالة من التأمل. كان يتنبأ بحركات خصومه، وبردود فعله السريعة، كان يوقف تسديدات تبدو مستحيلة التصدي. مالك، من جهته، كان يتحكم في إيقاع المباراة، يرقص بين المدافعين بابتسامة على وجهه، محافظًا على الروح المعنوية للفريق دائمًا.

أما أمادو، رغم أنه لم يكن الأكثر لياقة في الفريق، كان هو القلب النابض. قدرته على قراءة المباراة وتمرير الكرة في اللحظة المناسبة أحدثت فرقًا كبيرًا.

وعلى الرغم من أن بترس وأصدقاؤه كانوا يلعبون بعنف، كان ليو وأصدقاؤه يردون بالدهاء والعمل الجماعي.

كانت المباراة متقاربة. كل هدف كان يحتفى به كأنه انتصار صغير، لكن ببطء، بدأ الأصدقاء الستة يتقدمون. أصيب بترس وفريقه بالتوتر، وبدأوا يرتكبون الأخطاء. وعندما وصل النتيجة إلى 21-18 لصالح ليو وأصدقائه، انتهت المباراة.

"لقد فزنا!"، صاح مالك، يحتفل بينما كان لوكاس وتاهو يعانقونه.

كاي، دائمًا هادئ، ابتسم برضا، بينما رفع أمادو وليو أيديهما كعلامة على الانتصار. لكن الفرحة لم تدم طويلًا. كان بترس غاضبًا من الهزيمة، فألقى الكرة بعنف على الأرض.

"لن ينتهي الأمر هنا!"، صاح، وبدون سابق إنذار، بدأ هو وأصدقاؤه يحيطون بالأصدقاء الستة.

في لحظة، تحول الجو إلى عدائي. الأولاد الأكبر سنًا، المتألمين في كبريائهم، لم يكونوا مستعدين لقبول الهزيمة. خطا بترس خطوة للأمام، مستعدًا لبدء شجار، عندما أوقفهم صوت عميق وسلطوي.

"قفوا هنا!"، صاح رجل كان حتى ذلك الحين كان يراقب من مقعد قريب. كان "رجلاً ضخمًا، في الأربعينيات من عمره، بنظرة صارمة وهيبة لا يمكن تجاهلها. كان اسمه دون كارلوس، وكان معروفًا في الحي بأنه قائد محترم للمجتمع. "لن إنسمح بالشجارات هنا. إذا خسرتم، فاقبلوا الهزيمة كرجال!"

سار دون كارلوس نحو وسط الملعب بخطوات ثابتة. الأولاد الأكبر سنًا، عندما رأوه، خفضوا رؤوسهم. كان الجميع في الحي يعرفون دون كارلوس. لم يكن فقط قائد الحي، بل كان أيضًا الشخص الذي يحافظ على السلام في المجتمع، ولم يكن أحد يجرؤ على تحديه.

هذا الملعب للجميع، ولكن من الآن فصاعدًا، ليو وأصدقاؤه لهم الأفضلية." لقد أظهروا أنهم ليسوا فقط لاعبين جيدين، بل أيضًا يعرفون احترام القواعد"، قال دون كارلوس، ناظرًا إلى بترس مباشرة في عينيه. "عليكم أن تتعلموا منهم.

الأولاد الأكبر سنًا، وقد شعروا بالإهانة وبدون خيار آخر، أومأوا بصمت. وبدأوا واحدًا تلو الآخر بمغادرة الملعب دون أن ينطقوا بكلمة أخرى. ليو وأصدقاؤه، ما زالوا مندهشين مما حدث، اقتربوا من دون كارلوس.

"شكرًا لتدخلك، يا سيدي"، قال ليو بامتنان.

ابتسم دون كارلوس قليلاً.

"لا داعي لأن تشكروني. لقد كسبتم حق التواجد هنا. فقط تذكروا دائمًا اللعب بشرف واحترام. هذا الملعب ليس فقط مكانًا للتنافس، بل هو مكان للتعلم والنمو. وقد أثبتم لي اليوم أنكم على الطريق الصحيح."

أومأ الأصدقاء الستة، مدركين الدرس الذي علمهم إياه دون كارلوس. ومنذ ذلك اليوم، لم يعد ملعب كرة السلة مجرد مكان للعب، بل أصبح رمزًا لإصرارهم ووحدتهم. كانوا يعلمون أنه ستكون هناك تحديات أخرى في المستقبل، لكن طالما أنهم معًا، لن يوقفهم شيء.

الفصل الرابع: الحرية بين الحدود

في مساء آخر، كان الأصدقاء الستة يتوجهون إلى ملعب كرة السلة. بدأت الشمس تغيب، ملونة السماء باللون البرتقالي العميق. بدا كل شيء يسير كأي يوم آخر: ضحكات، مزاح، وصوت الكرة التي ترتد على الرصيف أثناء سيرهم. ولكن لم يكن أي منهم يعلم أن هذا المساء سيغير حياتهم إلى الأبد.

"هيا يا شباب! اليوم علينا أن نتدرب على الحركات التي اخترعتها!" قال لوكا بحماس دائم حول أفكاره.

"بالتأكيد سنفوز على أي شخص يقف في طريقنا اليوم"، قال مالك وهو يبتسم ويتحرك على إيقاع الموسيقى التي كانت تصدح في سماعاته.

"التركيز!" أضاف كاي، رافعاً إصبعه، "المفتاح هو الانضباط والهدوء".

كان أمادو، كعادته، يبتسم بصمت، مستمتعًا بصحبة أصدقائه. أما تاهو، فقد كان ينظر إلى السماء، مبهورًا بغروب الشمس. وكان ليو، آخر المجموعة، يسير في المؤخرة، يعدل نظاراته الشمسية بينما يفكر في الحركات الاستراتيجية التي يجب عليهم تنفيذها.

فجأة، بينما كانوا يعبرون أحد الجسور الذي يربط بين جزءين من الحي، جذب شيء ما انتباههم. وسط حركة المرور وضوضاء المدينة، كان هناك مجموعة من الشرطة متجمعة حول رجل يبدو أنه يقف على حافة جسر. الرجل، ذو البشرة السمراء والشعر الداكن، كان يبدو يائسًا، وبرغم أنه كان يصرخ بشيء، إلا أن كلماته لم تكن واضحة وسط الصخب.

"ماذا يحدث هناك؟" سأل تاهو، مشيرًا إلى المشهد بقلق في صوته.

"يبدو أن هذا الرجل..." بدأ أمادو، لكنه لم يستطع إنهاء الجملة.

توقف الأصدقاء الستة تماماً. وقفوا عند حافة الجسر، يراقبون الرجل الذي، بذراعين مفتوحتين، بدا وكأنه يواجه الشرطة التي كانت تحاول الاقتراب بحذر. صوته، بالرغم من تقطعه وانكساره بسبب اليأس، بدأ يصبح أكثر وضوحًا.

"حرية!" صرخ الرجل، صوته مكسور بسبب الألم، "حرية بين الحدود!"

عبس ليو محاولًا استيعاب ما يحدث.

"ماذا... ماذا يقصد بهذا؟" سأل مالك، وقد خلع سماعاته، قلقاً.

"لا أعلم"، أجاب لوكا، وعيناه مثبتتان على الرجل، "لكن هناك شيء خطأ بالتأكيد."

الرجل، ذو اللكنة التي تشير إلى أصوله اللاتينية، استمر بالصراخ، وعيناه تملؤهما الدموع.

"نحن أيضًا نستحق الحياة!" كان يهتف بقوة، "الحدود تفصلنا، لكننا جميعًا متساوون! أحرار أو لا شيء!"

كان الشرطيون يطلبون منه أن ينزل من حافة الجسر، لكن الرجل لم يستمع. في لحظة، التقت عيناه بعيون الأصدقاء الستة، وشيء ما في عينيه أثر فيهم بعمق. كانت صرخة صامتة من اليأس، نداء للمساعدة لم يكن يعرف كيف يستقبله.

"لا يمكن أن يكون..." همس كاي، "ماذا على وشك أن يفعل؟"

"لا!" صرخ تاهو، متقدماً خطوة للأمام، يرغب في فعل شيء ما بشكل غريزي، لكنه كان يعلم أنه بعيد جدًا للتدخل.

رفع الرجل قدماً، متمايلًا على حافة الجسر. بدا العالم وكأنه توقف للحظة، وقلوب الأصدقاء الستة كانت تخفق بقوة بينما كانوا يشاهدون، غير قادرين على فعل أي شيء.

ولكن في اللحظة الأخيرة، تمكن أحد الشرطة من الإمساك بذراعه وسحبه للخلف، منقذه قبل أن يتمكن من القفز.

حلّ صوت الريح محل صوت القلق والأصوات الخافتة لسيارات الشرطة.

الرجل، الآن على الأرض، ما زال يبكي ويصرخ بين نوبات البكاء.

"حرية! حرية بين الحدود!"

بقي الأصدقاء الستة في مكانهم، قلوبهم ما زالت تخفق بقوة. لقد كانوا على وشك رؤية شخص ينهي حياته، والفكرة كانت تملأ معدتهم بالقلق.

"لا... لا يمكن أن يكون"، قال أمادو، بصوت مرتعش، "كان على وشك أن يفعلها... أليس كذلك؟"

"نعم"، أجاب ليو، بغصة في حلقه، "كان قريبًا جدًا".

خلع مالك سماعاته، وبقي في صمت تام. لم يكن أحد يعرف ماذا يقول. كانت كلمات الرجل ما تزال تتردد في أذهانهم: "حرية بين الحدود." ما الذي جعله يصل إلى هذا اليأس؟ ما الذي قد يشعر به ليصل إلى هذه النقطة؟

"لا أفهم..." قال لوكا، وعيناه تلمعان بالدموع، "لماذا يفعل شخص شيئًا كهذا؟"

بقي كاي ينظر إلى الأفق، تعبيره هادئ لكنه مليء بالألم.

"ربما... ربما كان يعيش محاصرًا بين حواجز لا يمكننا رؤيتها"، قال بصوت منخفض، "ليست كل الجدران من الحجر".

"الحدود"، همس ليو، ما زال يحاول فهم ما حدث، "ربما لم يكن يقصد الحدود المادية فقط. ربما كان يتحدث عن شيء أكبر، شيء لم نفهمه".

أخذ أمادو نفسًا عميقًا، محاولًا حبس الدموع التي كانت تهدد بالهروب. كان يعرف ما يعنيه أن تشعر بأنك محاصر، بالرغم من أن ألمه كان بسبب فقدان والديه. لكنه لم يشعر أبدًا بيأس شخص يرى العالم كمكان بلا مفر.

"تاهو، تحدثت كثيرًا عن الحرية، عن عدم التقييد بما حولنا"، قال مالك، كاسرًا الصمت، "ما رأيك في ما كان يطلبه هذا الرجل؟"

مرر تاهو يده على رأسه، محاولًا العثور على الكلمات المناسبة. ما حدث لا يزال يتردد في أذنيه، وعقله يدور محاولًا فهم ما شهدوه.

"لست متأكدًا تمامًا"، قال في النهاية، "لكن أعتقد أنه كان يطلب نفس الشيء الذي نرغب فيه جميعًا في أعماقنا: أن نكون أحرارًا. أحرارًا من التوقعات، من الحدود، من القوانين التي أحيانًا لا نفهمها. ربما بالنسبة له، كانت الحواجز مرتفعة للغاية، قوية للغاية"

بقيت المجموعة في صمت، تحدق باتجاه الجسر، حيث بدأ الشرطيون يتجمعون حول الرجل الذي تم إنقاذه. لم يقل أحد شيئًا آخر لعدة دقائق. لم تكن هناك كلمات تستطيع تخفيف شعور العجز الذي يملأهم جميعًا.

كان ليو هو أول من تحرك، يمشي ببطء نحو حاجز الجسر. وقف ينظر إلى الفراغ، حيث كاد الرجل أن يقفز قبل لحظات. تبعه مالك، لوكا، تاهو، أمادو وكاي، كل واحد يحمل أفكاره الخاصة.

"هذا... هذا شيء لن ننساه أبدًا، أليس كذلك؟" همس مالك، كاسرًا الصمت.

"لا"، أجاب ليو بصوت حازم، "لن ننساه. ولا يجب أن ننساه".

"ربما... ربما هذا يخبرنا بشيء"، أضاف كاي، "شيء يجب أن نحمله معنا في كل ما نقوم به".

هزّ تاهو رأسه ببطء، عينه مركزة على الأفق.

"علينا أن نكون أقوى من الحدود التي تحيط بنا. ليس فقط الحدود المادية، بل أيضًا تلك التي لا يمكننا رؤيتها. وربما، فقط ربما، يمكننا أن نجعل هذا العالم أكثر حرية."

الفصل الخامس: تأملات حول الحدود غير المرئية

عاد الأصدقاء الستة إلى ملعب كرة السلة بعد أيام مما حدث، ولكن شيئًا ما قد تغيّر. كانت الشمس تشرق بنفس السطوع، والعصافير تواصل تغريدها، والحياة في شوارع فيلادلفيا تسير على طبيعتها المعتادة. ومع ذلك، فإن الثقل الذي شعر به كل واحد منهم في قلوبهم بسبب ما شهدوه على الجسر لم يختفِ.

كان ليو هو الأول الذي كسر الصمت، بينما كان يمسك الكرة التي ترتد بين يديه.

ـ لا أستطيع التوقف عن التفكير في ذلك الرجل ـ قال، ناظرًا إلى أصدقائه بعيون جادة ـ. كيف يمكن لشخص أن يصل إلى هذا الحد؟ أن تكون الطريقة الوحيدة التي يراها للخلاص هي... محاولة إنهاء حياته.

هزّ تاهو رأسه موافقًا، وقد تاهت نظراته نحو الأفق.

ـ إنه حزن عظيم ـ ردّ ـ. تخيل أن العيش محاصراً بالقوانين والحدود قد دفعه للشعور بذلك... يجعلني أفكر كم من الأشخاص الآخرين يعيشون في هذا الوضع.

تحدث أمادو، الذي كان دائمًا متأملاً، ببطء.

أحيانًا أشعر أننا نولد في مكان يحدد كل ما نحن عليه وكل ما سنصبحه—
—قال، جالسًا على أرضية الملعب—. من الذي قرر أن الحدود يجب أن تفرق
بيننا؟ لماذا يمكن لبعض الناس التحرك بحرية بينما الآخرون لا يستطيعون؟

—وضع هذه القوانين أشخاص منذ زمن بعيد، أليس كذلك؟ —تأمل مالك—.
أشخاص اعتقدوا أن لديهم الحق في تحديد من يمكنه العيش في مكان ما. وهذه
القوانين لا تزال قائمة، تؤثر على أشخاص ليس لديهم حتى صوت في هذا
الموضوع.

—ما أتساءل عنه هو ما إذا كانت تلك القوانين عادلة في أي وقت مضى—
أضاف كاي، الذي كان يتكئ على أحد الجدران القريبة—. ربما كان لها معنى
من قبل. ربما كانت الحدود تحمي أو تفصل بين الثقافات، ولكن الآن... يبدو أنها
فقط تقيد. فقط تحدّ.

لم يستطع لوكا، الذي كان يحاول دائمًا رؤية الجانب الإيجابي، منع تنهد
عميق.

—ذلك الرجل كان يصرخ من أجل الحرية —تذكر—. الحرية بين الحدود.
وكأنه لم يعد يحتمل القيود لعدم قدرته على العيش حيث يرغب، وعدم قدرته على
الازدهار. تخيل مدى صعوبة الأمر عندما تتمنى شيئًا بسيطًا كأن تعيش في مكان
أفضل وتُحرم من ذلك.

—أراد الازدهار، نعم —قال ليو، وهو يسجل هدفًا بخفة—. مثلنا جميعًا.
كل واحد منا أو عائلاتنا جاءوا إلى فيلادلفيا بحثًا عن شيء أفضل. لكن ليس كلهم
حصلوا على نفس الفرص. جاءت عائلاتنا لأسباب مختلفة، لكن... ماذا عن أولئك
الذين لم يحالفهم الحظ في العثور على طريق آمن؟

ساد الصمت بين المجموعة للحظة، وكل واحد منهم غارق في أفكاره.

—عائلتي جاءت من إفريقيا هرباً من الحرب —قال أمادو—. لكني أعلم أنه
لو كانت الظروف مختلفة، ولم يحصلوا على اللجوء، ربما لم أكن هنا. أو ربما كنت
على ذلك الجسر، أصرخ طلباً للمساعدة.

ونفس الشيء بالنسبة لي —أضاف كاي—. هاجر والداي بحثًا عن حياة
أفضل، لكنهما اضطرّا للخضوع لعملية طويلة وصعبة لا أعلم كيف تحمّلاها. كان
الأمر كما لو أن الحياة اختبرتهما فقط لأنهما أرادا فرصة.

هزّ تاهو رأسه ببطء، وهو يشعر بعبء قصص أصدقائه.

ونحن كذلك. انتقلنا إلى هنا عندما كنت طفلًا لأن والدي حصل على—
وظيفة، لكن لو لم يكن له ذلك الحظ... لكان الوضع مختلفاً تماماً بالنسبة لنا. هناك
أناس لا يحالفهم ذلك الحظ، ويجدون أنفسهم أمام جدار لا يستطيعون تجاوزه، وهذا
ليس عدلاً.

نظر لوكا إلى أصدقائه، مع مزيج من الحزن والغضب على وجهه.

والأسوأ هو أن هذه القوانين والحدود التي تحاصرهم هي قرارات اتخذها—
أشخاص لم يسبق لهم أن عرفوهم. أشخاص لم يعيشوا أبداً في مواقفهم.

ما رأيناه على ذلك الجسر —قال مالك، رافعاً رأسه— هو نتيجة هذه—
القرارات. قرارات قوانين ترى الناس كأرقام، كمستندات. لا ككائنات بشرية تحمل
أحلاماً وآمالاً.

ترك ليو الكرة تسقط، ووجهه جاد.

يجعلنا نتساءل: من يقرر ما هو الصواب وما هو الخطأ؟ لماذا يمكن—
لشخص أن يبقى وآخر لا؟ لا أحد يملك الحق في حرمان شخص من فرصة حياة
أفضل فقط لأنه ولد في مكان مختلف.

نظر أمادو إلى ليو، بعينين متأملتين.

هل تعتقد أن هناك طريقة لتغيير ذلك؟ —سأل—. لكسر هذه الحواجز؟—

بقي ليو في حالة تفكير. كان يعلم أنه لا توجد إجابة سهلة. لم تكن الحدود مجرد
خطوط على خريطة، بل كانت أيضًا أفكار متجذرة بعمق في المجتمع، وسياسات
فرضت منذ قرون.

لست متأكدًا —أجاب أخيرًا—. لكن ما أعرفه هو أننا لا نستطيع أن نبقى—
مكتوفي الأيدي. ربما لا يمكننا تغيير العالم بين عشية وضحاها، ولكن يمكننا أن
نبدأ بعدم قبول هذا كأمر عادي. يمكننا أن نكون جيلًا يرفض قبول أن تكون الحدود
أقوى من أحلام الناس.

هز كاي رأسه موافقًا، دائمًا بهدوئه المعتاد.

— ربما، إذا فكر المزيد من الناس بهذا الشكل، يمكن أن تبدأ الأمور في التغيير. ربما ليس في وقتنا، ولكن في المستقبل. ربما ما نقوم به اليوم يمكن أن يمهد الطريق للأجيال القادمة حتى لا يشهدوا مشاهد مثل التي رأيناها على الجسر.

وضع مالك سماعاته مرة أخرى، لكن هذه المرة دون تشغيل الموسيقى.

— إنه محبط التفكير في عدد الأشخاص العالقين في هذا الوضع. ولكنك محق يا ليو. لا يمكننا قبول هذا كأمر عادي. علينا أن نكافح من أجل شيء أفضل، حتى لو لم نعرف تمامًا كيف.

تنفس تاهو، الذي بقي صامتاً لفترة، بعمق.

— ما يؤلمني أكثر —قال أخيرًا— هو أن ذلك الرجل على الجسر ليس الوحيد. هناك الآلاف، ملايين من الأشخاص في أوضاع مشابهة. وكثير منهم ليس لديهم من يستمع إليهم، لا أحد يساعدهم. لا أستطيع التوقف عن التفكير في ما قاله: "حرية بين الحدود." أتساءل إن كان ذلك ممكنًا.

— أعتقد أنه ممكن —ردّ أمادو—. لكن لن يكون سهلاً. سيحتاج إلى العديد من الأصوات، إلى الكثير من الأيادي. وقبل كل شيء، سيتطلب أن نتوقف عن رؤية الناس كغرباء، كأشخاص مختلفين، وأن نراهم ببساطة ككائنات بشرية.

هبّت رياح لطيفة، محركة أوراق الأشجار القريبة. بدا وكأن المدينة نفسها تتنفس معهم، تشاركهم ثقل أفكارهم. كانوا يعلمون أنهم لا يستطيعون حل مشكلة الحدود بمفردهم، لكنهم كانوا يعلمون أيضاً أنهم لا يستطيعون تجاهلها.

— نحن ستة أصدقاء من ست قارات مختلفة —قال ليو بابتسامة خفيفة—. إذا كنا نستطيع أن نكون معًا، أن نعمل معًا وندعم بعضنا، فقد يتعلم العالم أيضًا القيام بذلك.

وافق الآخرون. كانوا يعلمون أن الحدود لا تقسم الأراضي فقط، بل أيضًا الناس، العائلات، الأحلام. لكن في ذلك الركن الصغير من فيلادلفيا، مثل هؤلاء الأصدقاء الستة رؤية لعالم يمكن فيه أن تتلاشى تلك الحواجز.

ومع أن الحل لم يكن واضحًا، كانوا يعلمون أن بإمكانهم، معًا، أن يبدأوا في تخيل مستقبل حيث الحرية ليست مجرد صرخة يأس، بل واقع للجميع.

هذا لن ينتهي هنا ــ قال مالك، واقفًا وأخذ الكرة ــ. لنلعب، من أجل أولئك ــ الذين لا يستطيعون.

ابتسم الأصدقاء، ورغم ثقل تأملاتهم، كانت هناك أيضًا أمل بأن يوماً ما، يمكن أن تُزال تلك الحدود غير المرئية.

الفصل السادس: تأملات حول الحدود الخفية

عاد الأصدقاء الستة إلى ملعب كرة السلة بعد أيام من الحادثة، لكن شيئاً ما قد تغيّر. كانت الشمس تشرق بنفس الوهج، والطيور تواصل الغناء، والحياة في شوارع فيلادلفيا تستمر كعادتها. لكن، في قلوب كل منهم، لم يختفِ عبءٍ ما شاهدوه على الجسر.

كان ليو أول من كسر الصمت بينما كانت الكرة ترتد بلطف بين يديه.

— "لا أستطيع التوقف عن التفكير في ذلك الرجل"، قال وهو ينظر إلى أصدقائه بعينين جادتين. "كيف يمكن أن يصل شخص ما إلى هذا الحد؟ أن يكون الحل الوحيد الذي يراه هو... محاولة إنهاء حياته".

أومأ تاهو برأسه، ونظره ضائع في الأفق.

— "إنها حزن عظيم"، أجاب. "تخيل أن تعيش محاصراً بالقوانين، بالحدود، وأن تقودك هذه الحياة للشعور بذلك... يجعلني أفكر في عدد الأشخاص الآخرين الذين قد يكونون في مثل هذا الوضع".

تحدث أمادو، المتأمل بطبيعته، ببطء.

— "أحياناً أشعر أننا نولد في مكان ما وهذا يحدد كل ما نحن عليه وما سنتمكن من الوصول إليه"، قال وهو يجلس على أرض الملعب. "من الذي قرر أن الحدود يجب أن تفصل بيننا؟ لماذا يستطيع البعض التحرك بحرية بينما لا يستطيع الآخرون؟"

— "هذه القوانين وضعتها أشخاص منذ زمن طويل، أليس كذلك؟" تأمل مالك. "أشخاص اعتقدوا أن لديهم الحق في تقرير من يمكنه

العيش في أي مكان. وهذه القوانين لا تزال موجودة، تؤثر على أشخاص لا صوت لهم في الأمر".

— "ما أتساءل عنه هو ما إذا كانت تلك القوانين عادلة أصلاً"، أضاف كاي، الذي كان يستند إلى أحد الجدران القريبة. "ربما كان لها معنى في الماضي. ربما كانت الحدود تحمي أو تفصل بين الثقافات، ولكن الآن... يبدو أنها فقط تفصل. فقط تحد".

لم يتمكن لوكا، الذي كان يحاول دائماً رؤية الجانب الإيجابي، من كتم زفرة حزينة.

— "ذلك الرجل كان يصرخ من أجل الحرية"، تذكر. "الحرية بين الحدود. كان وكأنه لم يعد يتحمل القيود بعدم قدرته على العيش حيث يريد، بعدم قدرته على التقدم. تخيل كم هو صعب أن ترغب في شيء بسيط كأن تعيش في مكان أفضل ويتم منعك".

— "أراد التقدم، نعم"، قال ليو، مسدداً الكرة برفق إلى السلة. "مثلنا جميعاً. كلنا جئنا هنا أو جاءت عائلاتنا إلى فيلادلفيا بحثاً عن شيء أفضل. لكن ليس الجميع حصل على نفس الفرص. عائلاتنا جاءت لأسباب مختلفة، لكن... ماذا عن أولئك الذين لم يحالفهم الحظ في العثور على طريق آمن؟"

صمتت المجموعة للحظة، وكل واحد منهم غارق في أفكاره.

— "عائلتي جاءت من أفريقيا للهروب من الحرب"، قال أمادو. "لكنني أعلم أنه لو كانت الظروف مختلفة، لو لم يحصلوا على حق اللجوء، ربما لم أكن هنا. أو ربما كنت سأكون أيضاً على ذلك الجسر، أصرخ طلباً للمساعدة".

نفس الشيء مع عائلتي"، أضاف كاي. "والداي هاجروا بحثاً —
عن حياة أفضل، لكنهم اضطروا للمرور بعملية طويلة وصعبة لا
أعرف كيف صمدوا خلالها. كان الأمر وكأن الحياة كانت تختبرهم
فقط لأنهم أرادوا فرصة".

أومأ تاهو ببطء، شاعراً بثقل قصص أصدقائه.

وأنا كذلك. انتقلنا إلى هنا عندما كنت طفلاً لأن والدي حصل" —
على وظيفة، لكن لولا ذلك الحظ... لكانت حياتنا مختلفة تماماً. هناك
أشخاص ليس لديهم ذلك الحظ، يجدون أنفسهم أمام جدار لا يمكنهم
تجاوزه، وهذا ليس عدلاً".

نظر لوكا إلى أصدقائه، ومزيج من الحزن والغضب على وجهه.

والأسوأ من ذلك أن هذه القوانين والحدود التي تحاصرهم هي" —
قرارات أشخاص لم يعرفوهم قط. أشخاص لم يضطروا أبداً للعيش
في ظروفهم".

ما رأيناه على ذلك الجسر"، قال مالك، رافعاً رأسه، "هو نتيجة" —
تلك القرارات. قرارات ترى الأشخاص كأرقام، كوثائق. ليس
ككائنات بشرية بأحلام وآمال".

ترك ليو الكرة تسقط، ووجهه جاد.

يجعلنا نتساءل: من يقرر ما هو الصواب وما هو الخطأ؟ لماذا" —
يمكن لشخص أن يبقى وآخر لا؟ ليس لأحد الحق في حرمان شخص
من فرصة لحياة أفضل فقط لأنه ولد في مكان مختلف".

نظر أمادو إلى ليو، وبريق أمل في عينيه.

— هل تعتقد أن هناك طريقة لتغيير هذا؟" سأل. "لإزالة تلك الحواجز؟"

بقي ليو صامتاً للحظة. كان يعلم أنه لا يوجد جواب سهل. الحدود لم تكن فقط خطوطاً على الخريطة، بل أيضاً أفكار متجذرة في المجتمع، وسياسات فُرضت لقرون.

— لا أعلم"، أجاب أخيراً. "لكن ما أعلمه هو أننا لا يمكننا أن نقف مكتوفي الأيدي. ربما لا نستطيع تغيير العالم بين ليلة وضحاها، لكن يمكننا أن نبدأ بعدم قبول هذا كشيء طبيعي. يمكننا أن نكون جيل يرفض قبول أن الحدود أقوى من أحلام الناس"

أومأ كاي، دائماً بطمأنينة هادئة.

— ربما، إذا فكر المزيد من الناس بهذا الشكل، يمكن أن تبدأ" الأمور بالتغيير. ربما ليس في وقتنا، ولكن في المستقبل. ربما ما نقوم به اليوم يمكنه تمهيد الطريق لكي لا تضطر الأجيال القادمة إلى رؤية مشاهد مثل التي شاهدناها على الجسر"

أعاد مالك سماعات الأذن إلى أذنيه، لكن هذه المرة بدون تشغيل الموسيقى.

— من المحبط التفكير في كم عدد الأشخاص العالقين في هذه" الظروف. لكنك على حق، ليو. لا يمكننا قبول هذا كشيء طبيعي. يجب أن نحارب من أجل شيء أفضل، حتى لو لم نعرف بالضبط كيف"

تنفس تاهو بعمق بعد فترة من الصمت.

ما يؤلمني أكثر"، قال أخيراً، "هو أن ذلك الرجل على الجسر" —
ليس الوحيد. هناك آلاف، ملايين الأشخاص في ظروف مشابهة.
وكثير منهم ليس لديهم من يستمع إليهم، من يساعدهم. لا أستطيع
التوقف عن التفكير في ما قاله: 'حرية بين الحدود.' أتساءل إذا كان
هذا ممكناً".

أعتقد ذلك"، أجاب أمادو. "لكن لن يكون سهلاً. سيتطلب الأمر" —
الكثير من الأصوات، الكثير من الأيدي. وقبل كل شيء، سيتطلب
منا التوقف عن رؤية الأشخاص كغرباء، كأشخاص مختلفين،
ورؤيتهم كأشخاص بشر مثلنا".

هب النسيم بلطف، محركاً أوراق الأشجار القريبة. كان وكأن المدينة نفسها
تتنفس معهم، تتشارك عبء أفكارهم. كانوا يعلمون أنهم لا يستطيعون حل مشكلة
الحدود وحدهم، لكنهم كانوا يعلمون أيضاً أنهم لا يستطيعون تجاهلها.

نحن ستة أصدقاء من ست قارات مختلفة"، قال ليو بابتسامة" —
خفيفة. "إذا كنا نستطيع أن نكون معاً، نعمل معاً وندعم بعضنا، فربما
يستطيع العالم أيضاً أن يتعلم كيف يفعل ذلك".

أوماً الآخرون برؤوسهم. كانوا يعلمون أن الحدود لا تفصل فقط بين
الأراضي، بل أيضاً بين الناس، العائلات، الأحلام. لكن في ذلك الركن الصغير
من فيلادلفيا، مثل هؤلاء الأصدقاء الستة رؤية لعالم حيث يمكن أن تتلاشى تلك
الحواجز.

ورغم أن الحل لم يكن واضحاً، كانوا يعلمون أن بإمكانهم، معاً، أن يبدأوا
بتخيل مستقبل حيث الحرية ليست مجرد صرخة يأس، بل حقيقة للجميع.

هذا لا ينتهي هنا"، قال مالك، واقفاً وممسكاً بالكرة. "لنلعب، من" —
أجل أولئك الذين لا يستطيعون".

ابتسم الأصدقاء، ومع أن عبء تأملاتهم كان لا يزال حاضراً، كان أيضاً الأمل بأن تلك الحدود الخفية قد تتلاشى يوماً ما.

الفصل 7: عبور الخط

كان الهواء في ملعب كرة السلة مشحونًا بالتوتر في تلك الليلة. اجتمع الأصدقاء الستة كالعادة، لكن بدلاً من الضحكات وصوت الكرة المتناثر، كان المكان مليئًا بطاقة مختلفة. لقد وصلوا إلى نقطة لم يعد بالإمكان تجاهل الكلمات. ما حدث على الجسر، التأملات اللاحقة، والشعور المتزايد بعدم الراحة مع ظلم العالم، كانت تدفعهم نحو حديث كانوا يعلمون أنه لا مفر منه.

كان ليو أول من تحدث، صوته هادئ لكن حازم.

— لقد تحدثنا كثيرًا عن ما هو خطأ في العالم، — بدأ وهو ينظر إلى كل واحد من أصدقائه. — الحدود، القوانين غير العادلة، الأشخاص الذين يشعرون بأنهم محاصرون. ولكن... ما الذي نحن على استعداد لفعله حيال ذلك؟

ماليك، بسماعاته المتدلية حول عنقه، تقدم خطوة للأمام، وعقد ذراعيه.

— ماذا تعني؟ — سأل. — هل الكلام ليس كافيًا؟ أم تريد الذهاب إلى أبعد من ذلك؟

أومأ ليو ببطء.

— هذا هو ما أسأل نفسي عنه، — اعترف. — هل الكلام كافٍ؟ أم أننا مستعدون لعبور الخط الذي علمونا أنه "صواب" و "خطأ"؟ ماذا يحدث إذا كان علينا لتغيير العالم أن نفعل شيئًا يعتبر "غير صحيح"؟ شيء قد يتطلب تحدي القوانين، نفس القوانين التي تقمعنا.

لوكاس، المتفائل دائمًا ولكن الآن بنظرة أكثر كآبة، انحنى إلى الأمام من على المقعد الذي كان يجلس عليه.

— هل تتحدث عن كسر القوانين؟ — سأل بصوت منخفض. — لأن إذا كان هذا هو الحال، ليو، فقد يقودنا ذلك إلى طريق خطر.

تاهو، الذي كان صامتًا حتى تلك اللحظة، تنهد بعمق.

— لا أعتقد أن الأمر بسيط مثل "كسر القوانين" أو "اتباعها" — قال بهدوء. — القوانين وُضعت من قبل الناس. والكثير منها ليس موجودًا لحمايتنا، بل لحماية

من يملكون السلطة بالفعل. السياسيون، رجال الأعمال، لصوص القمصان البيضاء.

نظر أمادو إلى المجموعة، وجهه متفكر وقلق.

— هل نتحدث عن... السرقة؟ — سأل، بشيء من التردد. — لا تفهموني خطأً، أعلم أن هناك الكثير من الأغنياء الذين وصلوا إلى ما هم عليه بالسرقة، ولكن إذا عبرنا ذلك الخط... ما الذي يميزنا عنهم؟

كاي، كالعادة، كان الأكثر صراحة.

— الفرق يكمن في الهدف، — أجاب دون تردد. — السرقة من أجل الطموح والأنانية ليست مثل السرقة لتصحيح ظلم. تخيلوا اللحظة ما يمكننا فعله إذا استخدمنا الموارد التي تملكها تلك الشركات الكبيرة أو السياسيون الفاسدون. يمكننا إطعام الناس، توفير الرعاية الطبية لمن يحتاجونها. يمكننا صنع فارق حقيقي.

ماليك عبس، محاولاً استيعاب ما يقوله كاي.

— من السهل القول، لكن الأمر محفوف بالمخاطر، — علّق، متفكرًا. — نحن لا نتحدث فقط عن مواجهة النظام. نحن نتحدث عن كسره.

— أليس هذا هو ما نريده؟ — سأل ليو بشعلة من الحماس في صوته. — فكروا في ما رأيناه. ذلك الرجل على الجسر. اليأس، الألم لملايين الناس المحاصرين بين الحدود، بين قواعد لعبة لم يقرروا حتى اللعب فيها. هؤلاء الناس... ليس لديهم الوقت لانتظار العالم لكي يتغير. إذا أردنا أن نفعل شيئًا، يجب أن يكون الآن، ويجب أن يكون قويًا.

نظر لوكا إليه بتحديق ثابت، كما لو كان يصارع داخليًا.

— لكن... السرقة، ليو؟ سرقة من يتحكمون في المال والسلطة؟ إنها حرب قد نفقد فيها كل شيء. حتى لو فعلناها بنوايا حسنة، قد ننتهي مثلهم، مسيطرين على الآخرين من خلال السلطة، حتى ولو كان من أجل الخير. ألا يكون هذا الوقوع في نفس اللعبة؟

أمادو هز رأسه ببطء، متفكرًا في كلمات لوكا.

— ما تقوله منطقي، — قال. — ولكن، ما الخيارات الأخرى المتاحة لدينا؟ النظام ليس مصممًا لكي نغيره بسلام. الحكومات تحمي الأغنياء والأقوياء.

البنوك، الشركات... كل شيء مصمم لكي لا نصعد، نحن الذين في الأسفل. كيف تحارب شيئًا يملك كل الأوراق؟ ربما نحتاج لاستخدام أسلحتهم ضدهم.

— إذا كان هذا يعني — قال كاي، ناظرًا إلى المجموعة. — أنا مستعد لذلك، أننا يمكننا مساعدة الأشخاص الذين يحتاجون إليها أكثر من غيرهم، لا يهمني أي قوانين يجب أن نكسرها. الأمر ليس عن السرقة للمتعة. إنه عن العدالة. المساواة.

ماليك، الحذر دائمًا، هز رأسه ببطء.

— أفهم ما تقوله، لكن لا يمكننا تجاهل العواقب، — قال. — يمكننا أن نبدأ بأفضل النوايا، لكن ماذا لو ضاعفنا أنفسنا في هذه العملية؟ ماذا لو أصبحنا مثل نفس الفاسدين الذين نحاول إسقاطهم؟ أين الخط الفاصل؟ متى نتوقف عن أن نكون محاربين للعدالة لنصبح مثل أولئك الذين نكرههم؟

ساد الصمت على المجموعة بينما كانت كلمات مالك تتردد في عقولهم. جميعهم كانوا يعرفون أن هناك حقيقة في ما قاله. العالم لم يكن أبيض أو أسود؛ كان مليئًا بالمناطق الرمادية، وبمجرد أن تعبر خطًا، من الصعب أن تعرف إذا كان بإمكانك العودة.

— هذا صحيح، — قال تاهو، كاسرًا الصمت. — عبور هذا الخط ليس شيئًا يجب أن نأخذه بخفة. ولكن لا يمكننا أن نبقى جالسين بينما يعاني الناس. الجوع، نقص الرعاية الطبية، اليأس... هذه أمور حقيقية. وهي تحدث الآن. هل سنبقى مكتوفي الأيدي فقط لأننا لا نريد أن نلطخ أيدينا؟

— أحيانًا الخطأ الحقيقي هو عدم فعل شيء، — أضاف ليو. — الأمر لا يتعلق بالمال، أو بالسلطة. إنه عن إعادة ما سُلب من الذين لا صوت لهم. إذا كان هذا يعني أنه يجب علينا أن نكسر قوانين نظام مكسور بالفعل، أليس هذا هو العدل؟

أخذ لوكا نفسًا عميقًا، محاولاً توضيح أفكاره.

— لنفترض أننا فعلناها، — قال، يمضغ كل كلمة. — لنفترض أننا وجدنا طريقة لإعادة توزيع الأموال التي سرقها الأغنياء والأقوياء. كيف نضمن ألا ننتهي مثلهم؟ كيف نضمن أن أفعالنا ستساعد الناس بالفعل ولن تضر بنا وبالآخرين في العملية؟

نظره كاي بهدوء.

الإجابة تكمن في نيتنا، — قال. — إذا حافظنا على وضوح هدفنا، إذا — فعلناها من أجل من لا يملكون، من المحاصرين في الفقر أو القمع، فلن نضيع. المفتاح هو أن نتذكر دائمًا لماذا بدأنا.

أومأ ليو، وشعر الجميع بوزن كلماته.

هذا ليس لعبة، — قال بصوت منخفض ولكن حازم. — نحن نعلم أن — العالم مقسم بالحدود، بالقوانين التي تفيد القلة على حساب الكثيرين. ونعلم أنه إذا أردنا فعل شيء حيال ذلك، يجب أن نكون أذكياء. لا يتعلق الأمر بخلق الفوضى. إنه عن العدالة. وعن التأكد من أننا، في النهاية، نحارب من أجل الناس وليس من أجل أنفسنا.

أمادو، الذي كان صامتًا، تحدث أخيرًا.

ربما... ربما ليس لدينا كل الإجابات الآن. ولكن إذا كان هناك شيء — واحد واضح، فهو أن هذا النظام غير مستدام. الناس لا يجب أن يموتوا جوعًا أو بسبب نقص الرعاية الطبية. لا يجب أن يقفزوا من الجسور ليتم الاستماع إليهم. إذا كان هناك طريقة لتغيير ذلك، حتى وإن تطلبت عبور بعض الخطوط، ربما يستحق المخاطرة.

تنهد مالك، ناظرًا إلى الأرض.

إذن، هل نفعلها؟ — سأل. — هل نعبر ذلك الخط؟ —

نظر إليه ليو، بعزم في عينيه.

فقط إذا كنا نعلم أنها من أجل من لا يستطيعون القتال من أجل أنفسهم، — — أجاب. — وفقط إذا تذكرنا أننا لسنا أبطال هذه القصة. نحن جزء صغير من شيء أكبر بكثير. شيء، إذا فعلناه بشكل صحيح، قد يغير العالم.

ظلوا صامتين مرة أخرى، كل منهم يعيد النظر في ما هم مستعدون لفعله. كانوا يعلمون أن الطريق أمامهم لن يكون سهلًا. كانوا يعلمون أن مواجهة الحدود الجسدية والاجتماعية لن يكون تحديًا بسيطًا. ولكنهم كانوا أيضًا يعلمون أن البقاء صامتين ليس خيارًا. إذا أرادوا تغيير العالم، عليهم أن يكونوا مستعدين لتحديه.

وربما، عبور ذلك الخط.

الفصل 8: العدالة في الظلال

أصبحت مدرسة الثانوية في فيلادلفيا موطنًا لليو، مالك، كاي، أمدو، تاهو، ولوكا. كانوا معروفين ومحبوبين من قبل معظم الطلاب، ليس فقط لمهارتهم في ملعب كرة السلة، ولكن أيضًا لرفاقتهم، وولائهم، وإحساسهم بالعدالة الذي كانوا يتشاركونه. في سن الرابعة عشرة، نشأوا معًا وتعلموا الدفاع عن ما يعتبرونه صحيحًا. ولكن، في الأشهر الأخيرة، بدأت مخاوف متزايدة تغيم على هدوئهم.

كانت هناك عصابة في المدرسة تتعهد بمضايقة الأضعف، أولئك الذين لا يستطيعون الدفاع عن أنفسهم. كان هؤلاء الأولاد، أكبر وأكثر عدوانية، يستخدمون قوتهم لإخضاع الآخرين، ولم تعرف قسوتهم حدودًا. كانت الضحكات المستهزئة، والدفع، والإهانات للمزيد من الضعفاء هي أمر يومي.

في يوم من الأيام، بعد انتهاء الدروس، اجتمع مجموعة الأصدقاء في ملعب كرة السلة كالمعتاد، ولكن هذه المرة كان الجو مشحونًا بالتوتر.

— لا يمكننا السماح بأن يستمر هذا — قال ليو، وهو يضرب الكرة بقوة على الأرض —. هؤلاء هم سرطان في المدرسة. ليس لديهم الحق في معاملة أي شخص بهذه الطريقة.

أومأ أمدو برأسه، متشابكًا ذراعيه.

— لقد رأيت ذلك أيضًا. إنهم يدفعون الأصغر، ويسرقون المال، ويسخرون من أولئك الذين لا يمكنهم الدفاع عن أنفسهم... إنه مقزز.

نظر كاي، الذي كان دائمًا الأكثر مباشرة، إلى الآخرين بعزيمة.

— يجب أن نفعل شيئًا — قال —. لا يمكننا البقاء مكتوفي الأيدي.

مالك، الذي يفكر دائمًا خطوة إلى الأمام، مرر يده عبر شعره، متفكرًا.

يمكننا مواجهتهم في اللحظة، لكنهم كثيرون ــ تفكر ــ. وحتى لو ــ أعطيناهم درسًا، ماذا سيمنعهم من الاستمرار في اعتداءاتهم عندما لا نكون قريبين؟

لدي فكرة ــ قاطع لوكا، مبتسمًا ب ــ. نعرف فنون القتال، ــ لقد تدربنا معًا لسنوات. ليس لديهم فرصة ضدنا إذا فعلنا هذا بشكل صحيح. ماذا لو أعطيناهم درسًا لن ينسوه أبدًا؟ شيء يخيفهم بما يكفي ليغيرهم إلى الأبد.

تاهو، الذي كان صامتًا حتى ذلك الحين، رفع نظره.

أنا أتفق، لكن لا يمكننا ببساطة مواجهتهم أمام الجميع. يجب أن ــ نكون استراتيجيين. إذا قمنا بتخويفهم علنًا، قد يعودون بقوة أكبر أو، أسوأ من ذلك، قد يتم طردنا.

ابتسم ليو، مدركًا أن صديقه على حق.

ماذا لو فعلنا ذلك في خصوصية؟ ــ اقترح ليو ــ. في مكان لا ــ يمكنهم فيه طلب المساعدة أو الهرب. مكان نواجههم فيه وجهًا لوجه ونجعلهم يفهمون ما فعلوه.

وكيف سنفعل ذلك؟ ــ سأل مالك، رافعًا حاجبه ــ. لا يمكننا ــ ببساطة محاصرتهم في أي مكان. نحتاج إلى خطة.

ابتسم لوكا مرة أخرى، هذه المرة بشكل أكثر حماسًا.

لدي تكنولوجيا يمكن أن تساعدنا ــ قال بفخر ــ. لقد كنت أعمل ــ على جهاز عرض محمول صغير يمكنه عرض مقاطع الفيديو في الهواء، مثل الهولوغرام. كما قمت بتعديل بعض الأقنعة مع مغيرات

الصوت. إذا استخدمنا ذلك، يمكننا إخافتهم حقًا. سنبدو أكبر، وأكثر خطورة. يمكننا جعلهم يعتقدون أننا بالغون، أو حتى شيء أكثر.

انفجر أمدو بالضحك.

— هذا رائع، لوكا — قال —. إذا أخفناهم بما يكفي، لن يستسلموا فقط، بل سيكونون خائفين جدًا من متابعة مضايقة الآخرين.

لوح ليو، وهو القائد دائمًا، خطوة للأمام، ينظر إلى أصدقائه.

— إذن، دعنا نفعل ذلك. سنتنكر، وسنأخذهم إلى مكان مهجور وسنعطيهم درسًا لن ينسوه أبدًا. لكن ليس الهدف فقط هو تخويفهم. يجب أن يفهموا أن ما فعلوه خطأ. سنظهر لهم مقاطع فيديو لهم يسيئون إلى الآخرين وسنعطيهم فرصة للتكفير عن ذنبهم.

— وماذا لو لم يتغيروا؟ — سأل تاهو، بنبرة جدية.

— إذن سنعود — قال ليو ببرودة —. وفي هذه المرة، لن نكون رحماء.

كانت الليلة مظلمة والهواء باردًا عندما اجتمع الأصدقاء الستة في زقاق مهجور بالقرب من المدرسة. كانوا يرتدون ملابس رياضية داكنة وأقنعة مع مغيرات الصوت التي جعلتهم يبدون أكبر بكثير مما كانوا عليه. كان لوكا قد انتهى من اختراعه: قلم صغير يعرض الصور في الهواء، وكان يحمله بفخر في جيبه.

— هذا هو المكان المثالي — قال مالك، وهو ينظر حوله —. لن يأتي أحد إلى هنا في هذا الوقت.

أومأ ليو برأسه ثم أشار إلى تاهو، الذي كان يراقب الزاوية.

— إنهم قادمون — قال تاهو —. إنهم يمشون نحونا.

تفرق الأصدقاء الستة في الظلال، في انتظار أن تقترب عصابة المتنمرين. لم يكن الأولاد، الذين تتراوح أعمارهم بين 17 عامًا، يشكون في شيء. كانوا يمشون يضحكون ويتحدثون بصوت عالٍ، غير مدركين لما ينتظرهم. فجأة، ظهر ليو أمامهم، مع قناع يغطي وجهه وصوته مشوه.

— توقفوا! — صرخ بصوت عميق وقوي.

توقف الأولاد الأكبر على الفور، مرتبكين.

— من أنت؟ — سأل أحدهم، مع ضحكة عصبية —. ماذا تفعل هنا؟ —

لم يرد ليو. بدلاً من ذلك، خرج أصدقاؤه من الظلال، محيطين بهم. جعلت الأقنعة والملابس الرياضية الداكنة مظهرهم أكبر مما كانوا عليه في الواقع، وأضفت الأصوات المشوهة لمسة مرعبة على المشهد.

— نحن نعرف من أنتم — قال كاي بصوته المعدل، متقدمًا نحوهم — نحن نعرف ما كنتم تفعلونه. —

— ماذا... — بدأ أحد الأولاد في الكلام، لكنه قُطع عندما أخرج لوكا قلمه وعرض فيديو في الهواء. كانت الصور تظهر المتنمرين وهم يضربون الطلاب الآخرين، ويدفعونهم، ويسخرون منهم.

— انظروا لما فعلتموه — قال تاهو ببرودة —. أنتم جبناء. تظنون — أنكم أقوياء لأنكم تستغلون الأضعف. لكن هذه الليلة... ستتغير الأمور.

نظر الأولاد الأكبر إلى بعضهم البعض، مرعوبين. كانوا يعرفون أنهم محاصرون.

— هذا... ليس قانونيًا — تمتم أحدهم وهو يتراجع.

— قانونيًا؟ — سخر أمدو —. وماذا عن ما كنتم تفعلونه؟ ضرب الأولاد الأصغر، وسرقة الأموال... هذا ما تفعلونه. واليوم، ستدفعون ثمن ذلك.

قبل أن يتمكنوا من الرد، قفز الأصدقاء عليهم بحركات دقيقة ومدروسة. تم تطبيق دروس فنون القتال التي دربهم تاهو عليها لسنوات. ضربوهم بدقة، ليس بما يكفي لإلحاق الضرر الجسيم، ولكن بما يكفي ليشعروا بقوة كل ضربة. في غضون دقائق، كان المتنمرون على الأرض، يلهثون ومتألمين.

— استمعوا جيدًا — قال ليو، وهو يقترب من قائد المجموعة الذي كان مستلقيًا على الأرض، مذهولًا —. هذه مجرد تحذير. اعتبارًا من الغد، سيتغيرون. لن تلمسوا أي طالب في هذه المدرسة. لا مزيد من السرقة، لا مزيد من الدفع. من الآن فصاعدًا، ستفعلون العكس. ستقومون بأعمال خيرية، ستساعدون من يحتاج إلى المساعدة. إذا لم تفعلوا...

انحنى كاي ووضع يده على كتف الفتى، ضاغطًا عليها بقوة.

— سنعود — قال —. وفي هذه المرة، لن نكون رحيمين.

رفع لوكا القلم، يعرض مرة أخرى الصور للأولاد وهم يسيئون إلى زملائهم.

— وإذا كنتم تظنون أنكم يمكنكم الهروب من هذا... لدينا دليل — قال —. كل ما فعلتموه، قمنا بتسجيله. إذا حاولتم الاستمرار في سلوككم، سنرسل هذه الفيديوهات إلى المعلمين، إلى آبائكم، إلى الجميع. ستُفصلون وتصبحون منبوذين في هذه المدينة.

كان المتنمرون، خائفين ومهزومين تمامًا، يومئون بسرعة. كانوا يعرفون
أنهم مهزومون. كان الأصدقاء، راضين، يلقون عليهم نظرة أخيرة قبل أن يختفوا
في الظلام، تاركين المتنمرين مستلقين على الأرض، مليئين بالخوف والندم.

الفصل التاسع: تغيير غير متوقع

كانت الشمس تشرق بقوة على ساحة المدرسة، حيث امتلأ الهواء بضحكات وأحاديث الطلاب، في تناقض واضح مع الصمت الذي كان يسود المكان قبل وقت قصير. خلقت أصداء الفرح والألعاب جوًا من الانسجام لم يكن يشعر به أحد منذ فترة. لقد تغيّر كل شيء منذ تلك المواجهة الحاسمة في الظلام.

الطلاب الذين كانوا يمارسون التنمّر سابقًا، أصبحوا الآن متواضعين ومليئين بالندم، وقرروا تغيير حياتهم. مستلهمين من شجاعة زملائهم، بدأوا في الاقتراب من أولئك الذين كانوا يعانون من تنمّرهم، مقدمين اللطف بدلاً من القسوة. كانوا يبنون جسورًا بدلاً من الجدران.

السيدة جينكنز، معلمة التربية البدنية، كانت تراقب المشهد بذهول من الجانب. لقد شهدت كيف أن هؤلاء الطلاب، الذين كانوا يمارسون التنمّر كرياضة مفضلة لديهم، باتوا الآن يشاركون الطلاب الأصغر سنًا في الألعاب والأنشطة. همست، وعينيها تدمع من السعادة: "لا أصدق ما أراه، كيف يمكن أن يتغيروا بهذه الطريقة؟"

في غرفة المعلمين، كان مجموعة من الأساتذة يتحدثون عن الوضع. عبّر السيد كولينز، المدير، عن دهشته: "لم أتوقع أبدًا أن نرى هذا التحول الجذري. يبدو أنهم وجدوا غايتهم في مساعدة الآخرين. ربما كل ما كانوا يحتاجونه هو قليل من التعاطف."

وفي هذه الأثناء، اقتربت مجموعة من طلاب الصف الأول بخجل وفضول من الطلاب الذين كانوا يمارسون التنمّر. سأل أحدهم: "هل يمكنكم تعليمنا كيفية لعب كرة القدم؟" باندهاش، ابتسم الطلاب الذين كانوا يتنمّرون سابقًا وأجابوا بحماس: "بالتأكيد، تعالوا، سنعلمكم كيف تُلعب."

لم يكن التغيير واضحًا فقط في أفعالهم، بل أيضًا في كلماتهم. لقد تعلموا الاستماع وفهم قيمة الصداقة الحقيقية. اختفت العداوات القديمة، لتحل محلها روح جديدة من التعاون.

ومع مرور الأيام، بدأ المعلمون يلاحظون بيئة أكثر إيجابية في الفصول. فصل السيدة كارتر للتاريخ، الذي كان يُعرف سابقًا بالمنافسة والانقسام، أصبح الآن مكانًا يتعاون فيه الطلاب، ويشاركون الأفكار، ويساعدون بعضهم البعض. قالت السيدة كارتر بابتسامة رضى: "إنه كأنهم استيقظوا من كابوس".

تولّى الطلاب الذين كانوا يمارسون التنمّر مسؤولية تنظيم حدث خيري لدعم منظمة محلية تعمل مع الأطفال المعرضين للخطر. بمساعدة زملائهم القدامى، بدأوا في التخطيط للأنشطة، وجمع التبرعات، وخلق بيئة شاملة حيث يُدعى الجميع للمشاركة.

وهكذا، تحولت قصة كانت تتمحور حول التنمّر والخوف إلى قصة عن التوبة. أصبحت المدرسة مكانًا يشعر فيه الجميع بالأمان والدعم. ومع دهشة الأساتذة من التغيير، أدركوا أن التعلم الحقيقي أحيانًا يتجاوز الكتب المدرسية. إنه درس عن الحياة، والصداقة، والتعاطف.

كانت أصداء الضحك والتآخي تملأ الآن الممرات، وكان الجميع يعرفون أن، رغم أن ماضي الطلاب المتنمرين لا يمكن محوه، فإن مستقبلهم مليء بالإمكانيات. لقد وجدوا مكانهم في عالم حيث يسود التعاون واللطف، وكان هذا فقط بداية مرحلة جديدة في المدرسة.

تأمل للقراء: يذكرنا هذا الفصل أن التغيير دائمًا ممكن، بغض النظر عن مدى سواد ماضي شخص ما. يظهر لنا أن التعاطف، والشجاعة، والغفران يمكن أن يمهّدوا الطريق نحو التحوّل. عندما نتوقف عن الحكم على الآخرين بناءً على ماضيهم ونبدأ بمساعدتهم لبناء مستقبل أفضل، نخلق مجتمعات يمكن للجميع فيها أن يزدهروا.

ترجمة الفصل العاشر: مناقشة حول الخير والشر

كانت نسمات الخريف الباردة تملأ أجواء فيلادلفيا بينما تجمع الأصدقاء في مكان لقائهم المعتاد: ملعب كرة السلة. على الرغم من أعمارهم الصغيرة التي لم تتجاوز الـ 14 عامًا، كانوا قد شهدوا وعاشوا أحداثًا جعلتهم ينضجون أسرع من غيرهم. المواجهة الأخيرة مع المتنمرين في المدرسة والتحديات التي يواجهونها يوميًا جعلتهم يفكرون بعمق في قضايا الخير والشر.

جلسوا في دائرة، وبدأت كرة السلة تتدحرج ببطء بينهم، وكان الجو مشحونًا بشعور من التفكير العميق. لقد وصلوا إلى مرحلة لم يعد الخير والشر فيها مفاهيم واضحة. كل واحد منهم كانت لديه وجهة نظره الخاصة، وكانوا مستعدين في تلك الليلة لمناقشة قضايا أعمق.

كان "ليو"، القائد الطبيعي للمجموعة، أول من كسر الصمت:

— كنت أفكر كثيرًا في ما فعلناه الليلة الماضية — قال، وهو يلقي بالكرة برفق نحو "تاو" — لقد أعطينا أولئك المتنمرين درسًا، لكن... هل فعلنا ذلك بالطريقة الصحيحة؟

"تاو"، الأكثر هدوءًا وتأملًا في المجموعة، أمسك بالكرة قبل أن يتحدث:

— من الصعب معرفة ذلك — رد، وهو ينظر إلى باقي المجموعة — كانوا يفعلون أمرًا سيئًا، هذا واضح. لكننا... هل أصبحنا مثلهم عندما لجأنا للعنف؟ أم كانت تلك مجرد عدالة؟

"كاي"، المعروف باندفاعه، جلس متقدمًا:

— لا تفهموني خطأ، أعتقد أننا فعلنا الصواب — قال — إذا كان هناك من يؤذي الآخرين، يجب أن نوقفه. أم نتركه ليواصل استضعاف الأضعف فقط لأننا لا نريد أن تتسخ أيدينا؟

"أمادو"، الذي كان لديه دائمًا رؤية أوسع للأمور، تدخل:

ما تقوله منطقي، "كاي"، لكن الخير والشر ليسا دائمًا بسيطين ―
قال، وهو يعقد ذراعيه ― فكر في هذا: بالنسبة لنا، ما فعلناه كان
جيدًا. لكن بالنسبة لهم؟ ربما يروننا كالأشرار. بالنسبة لهم، الدفاع عن
أنفسهم منا هو الصواب. إذن، من المحق؟ ومن المخطئ؟

"لوكا"، الذي دائمًا ما يفكر بعمق، نظر إلى أصدقائه وتحدث:

هذا هو ما يميز الخير والشر، أليس كذلك؟ ― علق ― الخير ―
بالنسبة للمجرم هو الإجرام، لأنه وسيلته للبقاء، للحصول على ما
يعتقد أنه يحتاجه. لكن بالنسبة للأغلبية، فإن الاتفاق هو أن الإجرام
خطأ. القوانين تقول إن السرقة، الكذب، أو إيذاء الآخرين أمر غير
صحيح. ومع ذلك، تلك القوانين أحيانًا ليست عادلة، أو أن الأشخاص
الذين يصنعونها ليسوا عادلين. ماذا يحدث إذن؟

"مالك"، الأكثر تحفظًا ولكن مع حس عالٍ للعدالة، ألقى بسؤال مهم
للمجموعة:

وماذا لو كانت القوانين غير عادلة؟ ― سأل ― ماذا لو لم يكن ―
من هم في السلطة عادلين؟ إذا كان هناك حكومة تقمع شعبها، هل من
العدل أن يتبع الناس قوانينها؟ أم أنه من الصحيح أن يتمردوا؟

عبس "ليو"، متفكرًا في كلمات "مالك".

إنه أمر معقد ― قال بعد لحظة ― نريد أن نفعل الصواب، لكن ―
أحيانًا يعني ذلك كسر القواعد. إذا كانت القواعد غير عادلة، أليس من
واجبنا عصيانها؟

"تاو" تدخل مرة أخرى، محاولًا وضع الأمور في منظور أعمق لما يناقشه
أصدقاؤه.

من الناحية النظرية، نعم ― قال ― إذا كانت القوانين أو القواعد ―
غير عادلة، من واجبنا الأخلاقي أن نقاومها. ولكن يجب أن نكون

حذرين أيضًا. لا يمكننا ببساطة أن نكسر القواعد دائمًا لأننا نعتقد أننا على حق. هناك خط رفيع بين العدالة والفوضى.

"لوكا" أخذ الكرة التي كانت بجانبه ووضعها في حضنه.

— هذا هو المفتاح، أليس كذلك؟ الخط الفاصل. أين يوجد الخط بين الصواب والخطأ؟ للبعض، الغاية تبرر الوسيلة، لكن... إذا بدأنا بتبرير أي شيء لأننا نعتقد أنه الصواب، ما الذي يمنعنا من أن نصبح مثل الذين نكرههم؟

"كاي"، المعروف بشغفه، لم يستطع إلا أن يرد بحدة.

— ولكن لا يمكننا الوقوف مكتوفي الأيدي! — صرخ — لا يمكننا ببساطة أن ندع النظام يستمر في كونه غير عادل. العالم مليء بالناس الذين يعانون لأنهم لا يملكون ما يملكه الآخرون. انظر إلى ما يحدث في الرعاية الصحية. إذا لم تكن تستطيع الدفع، تموت. هل هذا عادل؟ بالطبع لا!

رفع "أمادو" يده محاولًا تهدئة صديقه.

— أنت محق، "كاي" — قال — النظام معطل. لكن لا أعتقد أن الحل هو كسر المزيد من الأشياء. يجب أن نجد طريقة لتغييره دون أن نقع في نفس الأخطاء التي ننتقدها. إذا بدأنا بسرقة الأغنياء لأننا نعتقد أنهم لصوص، ما الذي يجعلنا أفضل منهم؟

تنهد "ليو"، وهو يفرك جبهته.

— إنه معضلة صعبة — اعترف — نريد أن نفعل الصواب، لكن العالم معقد. أحيانًا تكون الحلول السهلة مغرية، لكنها قد تكون خطيرة أيضًا.

".تاو"، بحكمته المعتادة، مال إلى الأمام

المهم هو أن نتذكر لماذا نفعل الأشياء — قال — يمكننا أن نقاتل من أجل ما نعتقد أنه عادل، لكن يجب ألا نفقد مبادئنا أبدًا. العنف، الانتقام، الكراهية... هذه الأشياء قد تفسد حتى أنبل القضايا.

وافق "مالك"، متأملًا في كلمات "تاو".

ما نحتاجه هو التوازن — قال — لا يمكننا أن نبقى مكتوفي الأيدي، لكن لا يمكننا أيضًا أن نتجاوز حدود معينة. إذا فعلنا ذلك، قد نصبح مثل الذين نحاول إيقافهم.

رفع "لوكا" الكرة إلى الأعلى ثم أمسكها مرة أخرى.

وماذا لو فكر الجميع مثلنا؟ — سأل — لو توقف الناس عن رؤية الحدود كحواجز، أو القوانين كأدوات للسيطرة، بل كوسائل لمساعدة الآخرين؟

نظر "ليو" إلى صديقه بابتسامة خفيفة.

هذا هو الحلم، أليس كذلك؟ — رد — عالم حيث لا تقمع القوانين، بل تحرر. حيث لا تقسم الحدود، بل تربط. لكن ذلك العالم لم يوجد بعد. علينا أن نجد طريقة للوصول إليه دون أن ندمر أنفسنا في الطريق.

استمرت المحادثة لساعات، كل واحد من الأصدقاء الستة يشارك أفكاره، شكوكه، وآماله. ومع أنهم لم يصلوا إلى إجابة نهائية، كانوا يعلمون أن طريقهم قد بدأ للتو.

التحدي في المركز التعليمي

أتى عام 2050 بتغيرات مذهلة للعالم، ولم تكن فيلادلفيا استثناءً. كانت الشوارع أكثر نظافةً وهدوءاً، بفضل السيارات الكهربائية ذاتية القيادة التي أصبحت تسيطر على الطرق، وقد غيّرت التكنولوجيا كل جانب من جوانب الحياة اليومية. الأصدقاء الستة، ليو، كاي، تاهو، لوكا، أمادو، ومالك، الذين أصبحوا الآن في الخامسة عشرة من عمرهم، كانوا يسيرون باتجاه مركزهم التعليمي، متحمسين لتحدٍ جديدٍ قد طُرح عليهم.

وُلدوا عام 2035، لكنهم لم يتخيلوا أبداً كم سيتغير العالم عندما يبلغون الخامسة عشرة من العمر. كان المركز التعليمي الذي يرتادونه مبنى حديثاً، مليئاً بالشاشات ثلاثية الأبعاد، والذكاء الاصطناعي، والتقنيات المتقدمة التي تساهم في عملية التعليم. كان مكاناً صُمِّم ليشكّل ليس فقط طلاباً، بل قادة المستقبل.

سأل أمادو بحماس أثناء سيرهم نحو المدخل الرئيسي: "هل سمعتم الأخبار؟"

هزّ كاي رأسه مبتسماً.

"نعم، يبدو أن مركزنا التعليمي قد تم اختياره للمشاركة في بطولة كرة سلة بين المؤسسات. سيتنافس فرق من مراكز تعليمية أخرى من جميع أنحاء المدينة."

توقف ليو، الذي كان دائماً قائد المجموعة، ونظر إلى أصدقائه بتصميم.

"هذا مثالي لنا. نحن نعلم أننا جيدون عندما نلعب معاً، لكن هذا سيسمح لنا بقياس مهاراتنا أمام فرق أخرى، واختبار ما نحن قادرون عليه."

أضاف تاهو، الذي كان دائماً يتأمل بعمق:

"وأيضاً، يمكننا أن نستخدم هذه البطولة لنعبر عن شيء أكبر من مجرد كرة السلة. نعلم أن هذه الرياضة وسيلة لنثبت أن الحدود لا تقيدنا. يمكننا استخدام هذه البطولة لنشر رؤيتنا لعالم بدون انقسامات."

دخلوا المركز التعليمي وساروا نحو صالة الألعاب الرياضية، حيث كان الفريق يتجمع. كان العديد من الطلاب بالفعل في الملعب، يتدربون تحت إشراف الأستاذ روبينز، وهو رجل قوي البنية، لديه خبرة واسعة في الرياضة وشخصية صارمة، لكنها عادلة.

رحب بهم الأستاذ روبينز بإيماءة حازمة وطلب منهم الاقتراب.

"يا شباب، أعلم أنكم قد سمعتم عن البطولة. تمثيل المركز لن يكون بالأمر السهل. هناك فرق لديها مهارات وخبرات كبيرة. هذه البطولة هي تحدٍ، وأحتاج أن أعرف إن كنتم مستعدين للعمل بجد لمواجهته".

تقدم لوكا بخطوة، معبراً عن حماسه.

"نحن مستعدون أكثر من أي وقت مضى، يا أستاذ روبينز. لقد لعبنا معاً منذ كنا أطفالاً، وعملنا على تحسين مهاراتنا لسنوات. نريد اختبار ما تعلمناه".

أومأ مالك، الذي كان دائماً هادئاً لكنه ثابت في موقفه.

"نعم، ونحن نعلم أيضاً أن الأمر ليس فقط حول الفوز. نريد أن نمثل شيئاً أكبر. نريد أن نثبت أنه، على الرغم من أننا جئنا من أجزاء مختلفة من العالم، يمكننا اللعب كفريق واحد".

نظر إليهم الأستاذ روبينز برضا.

"هذا ما أريد سماعه. ستكون المنافسة صعبة، لكنني أرى أن لديكم الروح اللازمة. ستكون المباراة الأولى بعد أسبوعين، وستكون ضد فريق من أفضل المراكز التعليمية في المدينة".

ابتسم كاي.

"ممتاز. نحن نحب التحديات"

ربت الأستاذ روبينز على ظهورهم وأشار لهم للبدء بالتدريب. أثناء ركضهم نحو الملعب، بدأ الفريق في التدريب بتركيز أعلى. كانوا يعلمون أن الأسابيع المقبلة ستكون حاسمةً لتحضيرهم، وعلى الرغم من أنهم كانوا فريقاً قوياً بالفعل، إلا أن البطولة ستجلب معها تحديات جديدة.

بعد التدريب، جلس الأصدقاء الستة على المدرجات، مرهقين لكن مليئين بالطاقة. كان الحماس للتحدي يجري في عروقهم.

سأل أمادو بابتسامة عريضة: "هل تتخيلون الفوز بالبطولة؟ سنكون أبطال المدينة بأكملها".

نظر تاهو إلى أصدقائه بجدية.

لكن الأهم من ذلك، يمكننا إلهام الآخرين. نحن نعلم ما يمكننا تحقيقه معاً،"
لكن إذا أظهرنا وحدتنا لفرق أخرى، فقد نغير طريقة نظرتهم للأمور. هذه البطولة
هي فرصة."

أومأ لوكا.

نعم، يمكننا أن نلهم طلاباً آخرين لكي لا يروا اختلافاتهم كعقبات. إذا فزنا،"
لن يكون الفوز لنا وحدنا، بل لكل من شعر يوماً أنه لا ينتمي."

نهض ليو ونظر إلى أصدقائه.

إذاً، نحن متفقون. سنبذل قصارى جهدنا للفوز بهذه البطولة، ليس فقط من"
أجلنا، بل من أجل شيء أكبر. سنثبت أن الرياضة يمكن أن تزيل الحدود."

أضاف مالك، الذي كان دائماً واقعياً:

حسناً، لكن لا ننسى أنه لكي نفوز، علينا أن نتدرب بجد أكثر من أي وقت"
مضى. الفرق الأخرى لن تأخذ الأمور بسهولة."

أومأ الجميع برؤوسهم، وهم يعلمون أن مالك على حق. لن تكون هذه البطولة
مجرد اختبار لمهاراتهم كلاعبين، بل أيضاً لقدرتهم على العمل كفريق، والحفاظ
على الهدوء تحت الضغط، وتمثيل القيم التي دافعوا عنها دائماً.

كانت الأسابيع القادمة مليئة بالتدريبات المكثفة. تدرب الأصدقاء الستة على
الحركات الاستراتيجية، وحسنوا من قدرتهم على التحمل، وضبطوا كل حركة
من حركاتهم. ومع اقتراب يوم المباراة الأولى، كانت الحماسة تزداد في المركز
التعليمي. كان الطلاب الآخرون يدعمونهم ويشجعونهم، وهم يعلمون أنهم ممثلو
المركز في البطولة الأهم في المدينة.

قال كاي، بينما كانوا يجرون آخر تدريب قبل المباراة: "سيكون هذا ملحمياً."

ابتسم ليو.

لا شك لدي في ذلك."

أخيراً، جاء يوم المباراة. كانت الصالة مليئة بالطلاب من جميع المراكز
التعليمية التي تشارك في البطولة. كانت الأضواء مشرقة، والأجواء مليئة بالتوتر
والحماس.

نظر الأصدقاء الستة إلى بعضهم البعض، شاعرين بضغط اللحظة، لكنهم كانوا يعلمون أنهم مستعدون. كانوا جاهزين لإظهار للعالم ما هم قادرون عليه، ليس فقط كلاعبين، بل كفريق متحد من أجل شيء أكبر من أنفسهم.

قال ليو، بينما كانوا يتجمعون في وسط الملعب، مستعدين لبذل كل جهدهم: "لنبدأ".

انطلقت صافرة البداية، وبدأت المباراة.

الفصل 12: الاحتفال وآفاق جديدة

ها هو الصفارة النهائية قد دوت في الملعب، وفي غضون ثوانٍ، ملأ التصفيق والهتاف الأجواء. لقد فاز فريق المركز التعليمي بالبطولة المحلية، وكان الأصدقاء الستة: ليو، كاي، تاهو، لوكا، أمادو، ومالك جزءًا أساسيًا من هذا الانتصار، لكنهم لم يكونوا وحدهم. الفريق بأكمله، المكون من اثني عشر لاعبًا، عملوا معًا لتحقيق النصر. كل واحد منهم أسهم في هذا الإنجاز، من ارتدادات الكرات إلى التسديدات الحاسمة، والآن يحتفل الجميع بفرح وسعادة.

— "لقد فعلناها!" قال ليو وهو يعانق زملاءه في الفريق، وقد كانت على وجهه مزيج من الفرح والإرهاق.

كاي، الذي سجل سلة حاسمة في الدقائق الأخيرة من المباراة، جلس على أرض الملعب ضاحكًا.

— "كان هذا مذهلاً. ليس فقط نحن الستة، بل الفريق بأكمله قدم عملاً رائعًا".

انضم باقي زملاء الفريق، مثل إيثان ومارك، للاحتفال، حيث تبادلوا التحيات وعبارات التشجيع. لقد تدربوا جاهدين لأسابيع، وكان هذا الانتصار ليس فقط للأصدقاء الستة، بل للفريق بأكمله الذي تعلم أن يدعم ويكمل بعضه البعض في كل حركة.

دخل السيد روبنز، المدرب، إلى الملعب بابتسامة عريضة، وكان فخورًا بما حققوه.

— "يا شباب، لقد قمتم بعمل رائع. الجميع، من اللاعبين الأساسيين إلى الاحتياطيين، أظهروا معنى العمل الجماعي. هذا الانتصار ليس فقط لكم، بل لكل المركز التعليمي".

عانق الأصدقاء زملاءهم في الفريق، وهم يشعرون بثقل إنجازهم. لم يكن الفرح بالنصر فقط من أجل اللقب، بل لما كان يمثله: جهد مشترك، وتكامل بين المواهب والتصميم الذي أوصلهم إلى القمة.

بعد حفل تسليم الكؤوس، وبينما كانوا يحتفلون في الملعب، اقترب السيد روبنز من مجموعة الأصدقاء الستة وأخبرهم بخبر تركهم في حالة من الدهشة.

ـــ "لدي شيء لأخبركم به"، قال المدرب بابتسامة غامضة، "بسبب انتصاركم والأداء الرائع للفريق، تم اختياركم لتمثيل مركزنا في بطولة على المستوى الوطني. في العام الدراسي المقبل، ستسافرون عبر جميع أنحاء الولايات المتحدة للتنافس مع أفضل الفرق من المراكز التعليمية الأخرى".

أحدثت كلماته صدمة مدهشة لوهلة، ثم انفجرت الفرحة مجددًا.

ـــ "هذا"، صاح أمادو وعيناه تتألقان من الدهشة، "بطولة وطنية!؟ مذهل!"

تاهو، الذي كان دائمًا هادئًا، أومأ برأسه بابتسامة.

ـــ "إنها فرصة كبيرة للجميع. ليس فقط لنا نحن الستة، بل للفريق بأكمله. سنُظهر للعالم ما يمكننا القيام به معًا".

قفز لوكا، المتحمس دائمًا، من فرط الفرح.

ـــ "ينتظرنا سفر عظيم عبر البلاد! هذا سيكون مذهلاً!"

كان الفريق بأكمله متحمسًا للخبر. كانوا يعلمون أن البطولة الوطنية ستكون أكثر تنافسية، لكنها كانت أيضًا فرصة فريدة لتمثيل مركزهم التعليمي وإظهار ما تعلموه خلال سنوات من التدريب.

في تلك الليلة، قرر الاثني عشر لاعباً الاحتفال بانتصارهم الكبير. ذهبوا إلى مطعمهم المفضل في وسط مدينة فيلادلفيا، مكان كلاسيكي كانوا يزورونه بعد المباريات الهامة. جلسوا حول طاولة كبيرة، يضحكون ويروون قصصًا عن لحظاتهم الأكثر تميزًا في المباراة.

— "لا أصدق أننا فزنا"، قال إيثان، أحد أصغر اللاعبين في الفريق،" وهو يأكل همبرغر، "لقد كانت واحدة من أفضل لحظات حياتي".

أضاف مارك، الذي كان عنصراً رئيسياً في الدفاع خلال المباراة:

— "والآن سنلعب عبر جميع أنحاء البلاد. لا يمكن أن يكون الوضع أفضل".

أثناء تناولهم الطعام واحتفالهم، تبادل الأصدقاء الستة نظرات من التواطؤ. كانوا يعلمون أن هذا ليس سوى البداية. لقد حققوا الكثير، لكن لا يزال أمامهم طريق مليء بالتحديات والفرص.

— "هل تتخيلون؟" قال ليو رافعًا كأسه، "سنمثل مركزنا في جميع أنحاء البلاد. ليس فقط من أجلنا، بل من أجل كل من يؤمن بما يمكننا القيام به".

أومأ كاي، مبتسمًا.

— "هذا مجرد الخطوة الأولى. إذا واصلنا العمل كما فعلنا حتى الآن، لن يكون هناك ما يمنعنا".

استمر الاحتفال حتى وقت متأخر من الليل. في اليوم التالي، عادوا إلى ملعب مركزهم التعليمي، حيث بدأت رحلتهم. تجمع الاثني عشر لاعباً، متذكرين كيف تدربوا بلا هوادة للوصول إلى هذه اللحظة.

مالك، الذي كان دائماً الأكثر واقعية، نظر إلى أصدقائه وزملائه في الفريق.

— "لقد نجحنا، لكن الآن يبدأ تحدٍ جديد. البطولة الوطنية ستكون أصعب بكثير. علينا أن نكون مستعدين".

ابتسم أمادو وقال:

— "لكننا جاهزون. هذا الفريق مثل العائلة، وعندما نلعب معًا، لا يوجد شيء لا يمكننا فعله".

أومأ تاهو، وهو ينظر إلى الملعب بابتسامة.

— "صحيح. لقد أظهرنا أننا أكثر من مجرد فريق. نحن مجموعة متحدة، وهذه هي قوتنا الكبرى".

الموسم القادم سيجلب لهم تحديات أكبر، رحلات جديدة، وفرصة لإظهار للبلاد ما يمكنهم تحقيقه. وبينما كانوا يستعدون لكل ما هو آتٍ، كانوا يعلمون أن مفتاح نجاحهم سيظل كما هو: الوحدة، الجهد المشترك، والصداقة التي جمعتهم منذ البداية.

ها هو الفصل الثالث عشر: قضية أعظم

كان العام 2036. لم يعودوا ليون، كاي، تاهو، لوكا، أمادو ومالك نفس الفتيان الذين كانوا من قبل. الآن، في سن السادسة عشرة، أصبح لديهم أجساد رياضية بفضل سنوات من التدريب والانضباط في كرة السلة. كانوا أعمدة فريق مركزهم التعليمي، معهد فيلادلفيا المركزي، الذي حاز على سمعة جيدة في دوري المدارس. كانوا يتنافسون مع فرق من مدن أخرى، يلعبون أسبوعًا على أرضهم وأسبوعًا خارجها، وهذه المرة حان وقت السفر إلى نيو أورليانز.

عندما وصلوا إلى المدينة، كان التباين بين المناطق التي تم إعادة بنائها والأحياء المدمرة بسبب الإعصار الذي ضرب قبل ثلاث سنوات واضحًا. العديد من المنازل لا تزال مدمرة، لكن ما لفت انتباههم أكثر هو البؤس الذي تعيش فيه

العديد من الأسر. كانت الأكواخ الصغيرة المؤقتة تصطف في الشوارع، وكان الفقر جلياً. الأمر الذي أثار غضبهم أكثر كان معرفتهم أن العديد من هذه الأسر قد تعرضت للخداع من قبل بنكٍ لم يفِ بتأمينات العقارات بسبب "الحروف الصغيرة" في العقود.

في تلك الليلة، في غرفة الفندق حيث كانوا يقيمون، اجتمع الأصدقاء الستة للتحدث عن ما شاهدوه.

"المذهل ما يحدث هنا"، قال ليون وهو يمشي ذهابًا وإيابًا، "بعد ثلاث سنوات من الإعصار، ولا تزال تلك العائلات تعيش في البؤس. وكل ذلك بسبب ذلك البنك اللعين".

أومأ تاهو، الجالس على طرف السرير، برأسه موافقًا.

"لقد تم خداعهم. وقعوا على عقود وهم يعتقدون أنهم محميون، لكن تم خداعهم بالحروف الصغيرة. الآن فقدوا كل شيء، ولا أحد يفعل شيئًا لمساعدتهم".

كان كاي، بذراعيه متشابكتين، ينظر من النافذة بتفكير عميق.

"إنه أمر غير عادل. والأسوأ من ذلك أن لا أحد سيحرك ساكناً لمساعدتهم. البنك يستمر في كسب المال، بينما هؤلاء الناس ينامون في أكواخ".

ضرب لوكا، الذي كان دائمًا الأكثر اندفاعًا في المجموعة، الطاولة بقوة.

"علينا أن نفعل شيئًا! لا يمكننا أن نبقى مكتوفي الأيدي ونحن نشاهد تلك العائلات تُسحق من قبل هؤلاء المحتالين الذين يرتدون ربطات العنق".

ساد صمتٌ ثقيل في الغرفة. كلهم فهموا ما كان يلمح إليه لوكا، لكنهم أدركوا أيضًا ما يعنيه اتخاذ هذا الطريق.

كسر أمادو، الذي كان دائمًا الأكثر تفكيرًا، الصمت.
"هل تقصد أننا يجب أن... نتصرف؟ أن نقوم بالعدالة بأنفسنا؟"

نظر إليه لوكا بجدية.
"نعم، هذا بالضبط ما أقصده. نعلم أن لا أحد آخر سيفعل ذلك. إذا لم نفعل شيئًا،
فستظل تلك العائلات في بؤسها."

أخذ ليون، الذي كان دائمًا قائد المجموعة، نفسًا عميقًا.
"وكيف تقترح أن نفعل ذلك؟"

ابتسم لوكا قليلاً، كما لو كان ينتظر هذا السؤال.
"سنسرق البنك"

اتسعت عينا مالك.
"سرقة البنك؟ هل جننت؟! هذا غير قانوني! سنقع في مشكلة كبيرة."

كاي، رغم دهشته من الاقتراح، لم يبعد نظره عن لوكا.
"وكيف تنوي فعل ذلك؟ لأننا إذا كنا سنقوم بشيء كهذا، فلا يمكننا ارتكاب أي
خطأ."

تدخل تاهو، الذي كان دائمًا الأكثر انضباطًا واستراتيجية.

ليست السرقة لمجرد السرقة. نحن نتحدث عن تحقيق العدالة. لكن إذا كنا"
"سنفعلها، فعلينا أن نتأكد من أننا نفعلها للسبب الصحيح، وبالطريقة الصحيحة

نظر أمادو إلى تاهو ثم إلى بقية المجموعة.
السؤال هو، هل نحن مستعدون حقًا لعبور هذا الخط؟ لأننا بمجرد أن نقوم"
"بذلك، لا يوجد عودة.

توقف ليون ونظر إلى كل من أصدقائه.
لقد عانى الناس كثيرًا. تم التخلي عنهم، تم خداعهم، وهم ما زالوا في"
الخراب. نحن من تحدث دائمًا عن كسر الحدود، عن فعل ما هو عادل، لكن هذا...
"هذا شيء آخر.

تحدث لوكا مجددًا، بثقة لا تتزعزع.
نحن نتحدث عن سرقة من اللصوص. لن نأخذ المال لأنفسنا. سنعيده"
"للعائلات التي فقدته. سنقوم بما لا يفعله النظام: مساعدة من يحتاجون فعلاً.

ساد صمت متوتر في الغرفة. كان كل منهم غارقًا في أفكاره، يزن ما يعنيه اتخاذ
هذه الخطوة. في النهاية، تحدث مالك.
إذا فعلنا ذلك، فعلينا القيام به بشكل صحيح. لا يمكننا السماح بأن يتم كشفنا."
لا يمكننا ترك أي خيوط. لكن، الأهم من ذلك، علينا أن نكون متأكدين أننا نقوم بذلك
"للسبب الصحيح.

أومأ ليون ببطء.

"سنفعلها من أجلهم، ليس من أجلنا. نحن لا نبحث عن الشهرة ولا المال. نريد العدالة".

أخيرًا، ترك كاي النظر من النافذة واستدار نحو المجموعة.
"إذًا، كيف نفعلها؟"

مال تاهو، الذي كان يفكر بصمت طوال هذا الوقت، إلى الأمام.
"أولاً، نحتاج إلى المعلومات. لا يمكننا الدخول إلى بنك هكذا. سنحتاج إلى دراسة كيفية عمل أنظمتهم الأمنية، ومعرفة نقاط ضعفها. نحتاج إلى خطة مفصلة".

نهض أمادو، الذي لديه خبرة في مجال الكمبيوتر والاختراق.
"أستطيع أن أتكفل بذلك. سأحتاج إلى الوصول إلى أنظمتهم، لكنني أستطيع استكشاف طريقة للدخول دون أن يُكتشف أمري. لقد فعلت شيئًا مشابهًا من قبل، لكن هذه المرة سيكون الأمر أكثر تعقيدًا".

ابتسم لوكا.
"نحن جيدون في التعقيد".

نظر ليون إلى أصدقائه، واحداً واحداً، وهم يعلمون أنهم على وشك عبور خط سيغير حياتهم إلى الأبد.
"إذاً الأمر مُقرر. سنسرق البنك. لكننا سنفعلها بشكل صحيح. سنفعلها من أجلهم".

تحولت التوترات في الغرفة إلى عزم مشترك. كانوا يعلمون أن ذلك لن يكون
سهلاً، وأن هناك مخاطر، لكنهم كانوا مستعدين لمواجهتها من أجل قضية أعظم.

بدأت الإثارة.

الفصل 14: السرقة المثالية

بدت الساعة على الحائط تتحرك بدقة قاتلة. كل نبضة كانت تمثل خطوة أخرى نحو عملية السطو الأكثر طموحاً التي لم يتخيلها الأصدقاء الستة من قبل. الجميع كانوا يعرفون أنهم على وشك عبور عتبة لا عودة منها، لكنهم كانوا يفعلون ذلك من أجل قضية عادلة. لقد خدع البنك الآلاف من الناس، وتركهم في بؤس. السرقة من اللصوص ليست جريمة؛ إنها عدالة.

أخذ ليو نفساً عميقاً ونظر إلى فريقه.

"هل الجميع جاهز؟"

كاي، بنظرة هادئة لكن مركزة، ضبط قناع وجهه. كان قطعة متطورة للغاية، مدمج ومستشعرات تكشف أي سلاح موجه GPS مزوداً برؤية ليلية ونظام نحوهم. لكن الأمر الأكثر إثارة للإعجاب هو قدرته على تفعيل نظام الدفاع التلقائي في الأسلحة التي يحملونها، ليطلق النار تلقائياً إذا تم رصد أي تهديد.

جاهزون. الأسلحة مضبوطة، والأقنعة تعمل. ليس لدينا مجال كبير" للأخطاء، ولكن مع المعدات التي لدينا، نحن مستعدون تماماً".

لوكا، الأكثر حماسة دوماً، ابتسم خلف قناعه. كانت الأسلحة التي يحملونها تحفة من التكنولوجيا الحديثة. تم تصنيعها باستخدام الطباعة ثلاثية الأبعاد بواسطة أمادو، مع نظام خاص للرصاص-السهم. هذه الذخيرة لم تكن قاتلة؛ فعند الارتطام، تطلق غازاً قوياً يفقد أي شخص في نطاق مترين وعيه. وكان أقنعتهم الخاصة تحميهم من هذا الغاز، لضمان أن يسقط الأعداء فقط.

الأمر يشبه الغش تقريباً"، قال لوكا بينما يضبط قناعه، "لكن إذا كنت ستلعب هذه اللعبة، فمن الأفضل أن تلعب للفوز".

كان أمادو يراجع شاشته الهولوغرافية التي تعرض خريطة مفصلة للبنك ونظام الأمن الخاص به.

"كما تعلمون، بمجرد قطع الكهرباء في الملعب، لدينا 30 دقيقة قبل أن تنطلق أجهزة الإنذار. ستُعطَّل الكاميرات لمدة 15 دقيقة، لذلك يجب أن نكون خارج المكان قبل أن تعود".

مالك، الذي صمم استراتيجية الدخول، ضبط حزام بدلته. لم تكن الأسلحة فقط قادرة على اكتشاف الأسلحة الأخرى، بل أيضاً إذا وجّه أي حارس أو ضابط أمن سلاحاً نحوهم، فإن أسلحتهم ستطلق النار تلقائياً، دون تدخل. كانت تكنولوجيا مذهلة، والأهم من ذلك، أنها كانت تمنحهم ميزة لا تُقارن.

طاهو، الذي كان دوماً هادئاً ومتقناً، قام بعملية تفتيش أخيرة لمعداته. كان هو العضلات في الفريق، ولكنه أيضاً الحامي.

"تذكروا: لا إصابات. فقط نضع الذين يقفون في طريقنا في سبات. المهم هو أن نخرج من هناك مع 50 مليون دون ترك أي أثر".

نظر ليو إليهم واحداً تلو الآخر، وقلبه ينبض بقوة. كانوا يعرفون أن ما هم على وشك القيام به قد يغير حياتهم، لكنهم كانوا يفعلونه من أجل شيء أكبر من أنفسهم. كان السطو على البنك المركزي في نيو أورليانز طريقتهم في إعادة الأموال إلى الضحايا الذين سلبت منهم، إلى العائلات التي فقدت كل شيء بعد الإعصار وتعرضت للاحتيال من شركات التأمين.

"لننفذ الأمر"، قال ليو بتصميم، "إنه الآن أو أبداً".

انقطع التيار الكهربائي في الربع الثالث من المباراة، تماماً كما خططوا. وبينما كان المتفرجون في الملعب يدخلون في حالة من الذعر بسبب الظلام المفاجئ،

كان الأصدقاء الستة بالفعل في طريقهم. فتح الباب الخلفي للبنك، الذي تم اختراقه مسبقاً، دون مشاكل. في الداخل، كانت كاميرات الأمان معطلة بسبب الهجوم الإلكتروني الذي نفذه أمادو.

"لدينا 15 دقيقة قبل أن تعود الكاميرات للعمل"، قال أمادو بينما كانت أصابعه تتحرك بسرعة على لوحة المفاتيح الهولوغرافية. "كاي، استعد. لوكا، مالك، إلى الخزنة".

مع تنشيط الأقنعة وتفعيل الرؤية الليلية، تحركوا كالأشباح في الظلام. لم يستطع أحد رؤيتهم، وكانت أسلحتهم المبرمجة لإطلاق النار تلقائياً في حال وجود خطر جاهزة.

عندما اقترب حراس الأمن، ابتسم لوكا خلف قناعه.

"وقت النوم"، همس، قبل أن يطلق رصاصة سهم. اصطدمت الذخيرة بالأرض بالقرب منهم وأطلقت غازاً غلف الحراس. وفي غضون ثوانٍ، كانوا جميعاً فاقدي الوعي.

قاد طاهو المجموعة نحو الخزنة، بينما كان مالك وكاي يتعاملان مع أي عقبة في الطريق. كانت الأسلحة الأوتوماتيكية تطلق رصاصات سهم في أجزاء من الثانية كلما وجه حارس سلاحاً نحوهم. كان الأمر أشبه بأنهم كانوا دائماً خطوة متقدمة على كل حركة أمنية.

"ثماني دقائق حتى تشتغل الإنذارات"، أعلن أمادو من موقعه، وهو يتحكم في نظام الأمان.

بدأ مالك وطاهو في العمل على فتح الخزنة باستخدام المعدات المتخصصة التي صممها أمادو.

"حصلنا عليها"، أعلن مالك عندما فتحت أبواب الخزنة، كاشفة عن حزم"
الأموال.

بدأوا في ملء الأكياس بأسرع ما يمكن. كل ثانية كانت مهمة.
"خمس دقائق"، قال أمادو، بصوت هادئ لكن متوتر، "الوقت يداهمنا".

ليو، دائم اليقظة، ألقى نظرة عبر النافذة. من بعيد، كانت أصوات صفارات الإنذار
تقترب. كان الوقت ينفد.
"بسرعة، بسرعة!" صرخ ليو، "باقي لدينا ثلاث دقائق!"

مع الأكياس المليئة بالأموال، هرع الأصدقاء الستة نحو المخرج. وبمجرد
خروجهم من الباب، بدأت أجهزة الإنذار في البنك تنطلق. لكنهم لم يتوقفوا. كانت
الخطة على وشك الانتهاء. بدأ الضباب، الذي صنعته الأجهزة التي وضعوها
مسبقاً في المنطقة، بتغطية الشارع. وصلت الشرطة وسط حالة من الفوضى، غير
قادرة على رؤية شيء وسط الضباب الكثيف.
"الآن أو أبداً"، قال لوكا بينما كانوا يركضون نحو الحشود التي خرجت من"
الملعب بسبب انقطاع التيار الكهربائي. كانت أقنعتهم، التي تحمل وجوه شخصيات
سياسية، تضمن أن الكاميرات لن تكشف هويتهم.

كانت الفوضى في الملعب والشوارع كافية ليهرب الستة دون أن يتركوا أثراً. بينما
كانت الشرطة تحاول السيطرة على الوضع، كان الأصدقاء قد ابتعدوا بالفعل،
متلاشين في الظلام، مع أكياس الأموال آمنة.
عندما وصلوا أخيراً إلى مكان آمن، استدار ليو نحو الآخرين.

"لقد نجحنا. الآن يجب علينا فعل الشيء الصحيح وإعادة المال إلى من يحتاجه"

"حقاً."

أومأ كاي برأسه، ناظراً إلى الأكياس.

"لقد سرقنا من اللصوص. هذه عدالة، وليست جريمة"

وهكذا، بينما اختفوا في الظلال، عرفوا أنهم فعلوا الصواب. لم تكن هذه المرة الأخيرة التي يتصرفون فيها لتغيير العالم، لكن في هذه الليلة، كانوا قد خطوا الخطوة الأولى نحو مستقبل حيث لا مكان للحدود والظلم.

الفصل الخامس عشر: النصر المزدوج

عاد استاد نيو أورلينز ليضاء قبل دقيقة واحدة من قرار الحكام تعليق المباراة. كان الجمهور يهتف بحماس، دون أن يعلم أن هناك شيئًا أكبر بكثير كان يحدث في الظل.

دخل الأصدقاء الستة إلى غرفة تغيير الملابس، وهم يتنفسون بلهاث. كانوا يعلمون أن التحدي الحقيقي لم يكن المباراة، بل السرقة. كانت أكياس النقود المخفية مخبأة جيدًا، في مكان لن يشك به أحد: في حجرة سرية صممها أمادو في خزائن غرفة الملابس، مموهة كجزء من نظام التهوية.

نظر كاي، بهدوئه المعتاد، إلى ساعته.

"تمام. نجحنا في الوقت المناسب"

في تلك اللحظة، دخل المدرب بيل كارتر إلى غرفة الملابس، وعلى وجهه تعبير يمزج بين القلق والفضول.

"يا أولاد، أين كنتم بحق الجحيم؟ لم أركم مع الآخرين أثناء انقطاع التيار الكهربائي"، سأل بصوت حاول أن يكون سلطويًا، لكنه أظهر بعض الثقة فيهم.

فكر ليو بسرعة. كان يعلم أنهم بحاجة إلى عذر معقول، شيء لا يثير الشبهات

"مدرب"، بدأ ليو، "كنا نتدرب على بعض الحركات السريعة في ممر غرفة الملابس. علمنا أن انقطاع التيار سيسبب بعض الفوضى، فاستغلينا الفرصة لضبط بعض الحركات التي أردنا تجربتها. ظننا أن هذا سيكون مفيدًا لمفاجأة الفريق المنافس عند عودة التيار".

نظر بيل كارتر، المدرب الجديد لهذا الموسم، إليهم بمزيج من الشك والإعجاب. كان يعلم أن هؤلاء الأولاد دائمًا ما لديهم عقليات خاصة، مختلفة عن الآخرين. غالبًا ما كانوا يتصرفون بمفردهم، لكنهم دائمًا ما يحققون النتائج.

حسنًا..." قال المدرب بعد توقف قصير، "أتمنى أن يكون هذا التدريب السريع" مفيدًا لكم. المباراة مستمرة، لذا جهزوا عقولكم وأجسادكم. هذا هو وقتنا! فيلادلفيا يجب أن تفوز اليوم!"

تبادل الأولاد نظرات خفية. لم يكونوا على وشك الفوز في الملعب فحسب، بل كانوا قد فازوا بالفعل في البنك.

استؤنفت المباراة بطاقة متجددة. كان الجمهور يهتف بينما كانت نيو أورلينز تستعد لاستمرار المباراة. كان الأصدقاء الستة في مركز الحدث، يقودون الهجوم والدفاع. كان هناك شيء فيهم، عزم قوي جعلهم لا يقهرون.

لوكا، بمهارته ورشاقته، سجل ثلاثيتين متتاليتين، بينما تاهو ومالك سيطرا على الدفاع، حيث كانا يصدان كل محاولة للفريق المنافس. كاي كان ينظم اللعبة كأنه سيد في الشطرنج، يقوم بتمريرات مستحيلة ويضبط إيقاع المباراة.

كان فريق فيلادلفيا لا يقهر، واللاعبون الستة الآخرون في الفريق، رغم أنهم لم يعلموا شيئًا عن السرقة، كانوا يتبعون قادتهم بثقة تامة.

صرخ المدرب كارتر من جانب الملعب بحماس:

"هكذا تفعلونها، يا شباب! دعونا نفوز بهذه المباراة!"

مع كل نقطة، كانت الحماسة تزداد في الاستاد. كانت التوترات واضحة، لكن فيلادلفيا كانت تسيطر على الوضع. قبل دقيقتين من النهاية، كان اللوح يشير إلى تقدمهم بخمس نقاط.

في تلك اللحظات، لم يكن ليو مركزًا فقط على المباراة، بل أيضًا على ما سيأتي بعد ذلك. كانوا يعلمون أنهم يجب أن يخرجوا المال من الاستاد بذكاء. كان

خطتهم جاهزة منذ البداية. أكياس النقود ستخرج داخل كرات السلة. خلال انقطاع التيار، قام أمادو بتعديل بعض الكرات، حيث قطع خياطة بعضها وأفرغ محتواها ثم وضع النقود بداخلها قبل أن يخيطها مرة أخرى بعناية.

"مستعدون للعبة الأخيرة؟" قال ليو، بنظرة حازمة إلى أصدقائه.

ابتسم لوكا بمكر وأومأ.

"لنذهب للفوز، بكل معنى الكلمة"

رن صافرة النهاية. فاز فريق فيلادلفيا بالمباراة بفارق سبع نقاط، وانفجر الجمهور بالتصفيق والهتافات الحماسية. كان اللاعبون يحتضنون بعضهم البعض، يحتفلون بالنصر. لم يكن أحد يعلم أن الأصدقاء الستة كانوا يحتفلون أيضًا بشيء آخر.

اقترب منهم المدرب بيل كارتر بابتسامة رضا.

"عمل رائع، يا شباب. لا أعرف كيف فعلتم ذلك، لكنكم لعبتم اليوم كأنكم في مستوى آخر."

ربت ليو على كتفه.

"شكرًا، مدرب. فقط فعلنا ما نجيده"

بينما استمرت الحماسة، كان أمادو قد بدأ بالفعل في تنفيذ المرحلة الثانية من الخطة. الكرات المعدلة، المليئة بالنقود، كانت ستختلط مع بقية معدات الفريق التي ستنقل إلى الحافلة. للعين المجردة، لا توجد وسيلة للتمييز بينها وبين الكرات العادية، لكن الأولاد كانوا يعرفون تمامًا أي الكرات هي.

همس كاي لتاهو وهم يغادرون الاستاد.

"كل شيء يسير وفق الخطة. أكياس النقود بأمان في الكرات. عندما نصل إلى
مركز التدريب، سنتأكد من إخراجها دون أن يلاحظ أحد".

أومأ تاهو، دون أن يتوقف عن مراقبة المكان حوله.
"رائع. لا أحد يشك في شيء. نحن مغطون".

تلك الليلة، بينما كانت الألعاب النارية تضيء سماء نيو أورلينز في احتفال المدينة الرئيسي، تجمع الأصدقاء الستة في إحدى غرف الفندق، وهم يراقبون كيف كانت أكياس النقود تخرج واحدة تلو الأخرى من كرات السلة. لقد حققوا المستحيل: سرقة خمسين مليون دولار من البنك المركزي لنيو أورلينز والفوز بأهم مباراة كرة السلة في الموسم، كل ذلك في نفس اليوم.

رفع لوكا واحدة من الأكياس بابتسامة.
"هذا ما أسميه انتصارًا مزدوجًا".

ابتسم مالك.
"نعم، لكن المهم ليس المال. إنه ما سنفعله به".

نظر ليو إليهم جميعًا بجدية.
"سنفعل الصواب. كل هذا من أجل الناس الذين يحتاجون إليه. اليوم فزنا بأكثر من مجرد مباراة. فزنا بفرصة لتغيير الأشياء".

الخطة كانت قد نجحت بشكل مثالي. الآن، ومع وجود المال بحوزتهم، ستكون الخطوة التالية توزيعها على العائلات التي تعرضت للنصب، ليحققوا مهمتهم الحقيقية. العدالة.

الفصل السادس عشر: سر الصندوق الصغير

كانت الشمس تغرب على المدينة، وكان الجو في الاستاد لا يزال مشحوناً بالتوتر بعد التفتيش الذي أجرته الشرطة. بينما كان الضباط يفتشون كل زاوية، ظل أعضاء فريق كرة السلة صامتين. لم يشك أحد أن الحافلة كانت محملة بكمية هائلة من الأموال، مخبأة بطريقة غير متوقعة: داخل كرات السلة. لم يخطر ببال أي ضابط ما الذي كانت تحمله حقًّا.

ـ "آه! لم أتعرق بهذا الشكل في حياتي من قبل!" قال ليو وهو يمسح جبينه بينما كانت الحافلة تسير على الطريق.

ـ "أعرف ذلك، كنت أعتقد أنهم سيكشفون أمرنا في أي لحظة"، أجاب لوكا وهو ينظر بقلق من النافذة الخلفية.

عندما وصلوا إلى غرفة الفندق البسيطة لكنها مريحة في نفس الوقت، تمكن الفريق أخيرًا من التنفس بارتياح. انتظروا بضعة أيام للتعافي من التوتر. كان العملية ناجحة، والأهم من ذلك أن المال أصبح في أمان. لكن هذا كان مجرد بداية. الآن كان عليهم التفكير في طريقة لإعادة توزيع المال على ضحايا الإعصار دون إثارة الشبهات.

في إحدى الأمسيات، نهض كاي، الذي كان دائمًا العقل المدبر وراء أكثر الخطط تعقيدًا، فجأة من على الأريكة بينما كان الآخرون يستريحون.

ـ "وجدتها!" قال بعينين تلمعان.

ـ "ماذا؟" سأل تاهو، نصف نائم.

ـ "بيتزا".

ـ "بيتزا؟" كرر تاهو دون فهم.

ـ "سنوزع الأموال في علب البيتزا"، أوضح كاي، "لن يشك أحد في ذلك. ستصل البيتزا مع 'هدية خاصة'. داخل كل علبة، سنضع رسالة تقول: 'لا ترموها. البنك يعفيكم من الديون'".

ـ "حقًّا؟" سأل مالك مندهشاً، "من أين تأتي بهذه الأفكار المجنونة؟"

ـ "الأهم هو أن تنجح"، أجاب كاي بابتسامة ماكرة

وجاء يوم التوزيع. تم تسليم البيتزا في جميع أنحاء الولاية إلى العائلات الأكثر تضرراً. لم يشك أحد في مطاعم البيتزا بأن تلك التوصيلات كانت تحتوي على شيء أكثر من الجبن والبيبروني. بدأت وجوه المفاجأة والامتنان تتزايد، وامتلأت الأخبار بقصص مؤثرة عن اختفاء الديون بين عشية وضحاها.

ولكن بينما كانوا يحضرون التفاصيل الأخيرة، لاحظ كاي شيئًا غريبًا بين صناديق الأموال التي تم استعادتها من البنك. كان هناك صندوق صغير، يبدو كصندوق لعبة.

ـ "يا شباب، هل وضع أحدكم هذا هنا؟" سأل كاي وهو يحمل الصندوق بين يديه.

نظر الجميع متعجبين. لم يتذكر أحد رؤية هذا الصندوق من قبل.

ـ "لعبة؟ ولماذا يكون في البنك؟" تساءل أمادو، وهو يقترب للتفحص

ـ "لم يكن هذا هنا عندما وضعنا كل شيء في الحافلة"، أضاف لوكا بوجه مكفهر.

بحذر، فتح كاي الصندوق. وما وجده في الداخل ترك الجميع في حالة صدمة: كان مليئًا بالألماس، كل قطعة بحجم كرة الجولف، تلمع تحت ضوء المخزن الخافت.

ـ "ما هذا بحق الجحيم؟!" صرخ ليو مذهولاً

ـ "لا أعرف... لكن هذا يساوي ثروة"، قال لوكا وعيناه مفتوحتان على اتساعهما.

بالإضافة إلى الألماس، كان هناك مجموعة من البطاقات الممغنطة، مرتبة بعناية في أسفل الصندوق.

ـ "ما هذه البطاقات؟" سأل مالك، وهو ينظر إليها عن كثب

ـ "لا أعرف، لكن يبدو أنها تحتوي على معلومات مهمة"، أجاب لوكا وهو يأخذ إحدى البطاقات ويفحصها بدقة، "ربما تكون ملفات مخزنة عليها

ـ "ماذا لو كانت هذه جزءًا من شيء أكبر؟" اقترح أمادو بجديّة، "قد نكون قد سرقنا أكثر مما كنا نعتقد"

ساد صمت مقلق في المكان. تبادل الفتيان النظرات القلقة. كان سرقة المال من البنك أمرًا محفوفًا بالمخاطر، لكن إذا كانت تلك الألماسات والبطاقات متورطة، فقد تكون العواقب أكبر بكثير.

ـ "وماذا نفعل الآن؟" سأل ليو بمزيج من الحماس والخوف.

كاي، الذي كان دائمًا يملك الإجابات السريعة، وجد نفسه يفكر هذه المرة. كان يعلم أن هناك شيئًا أكبر خلف كل هذا، شيئًا لم يستطع فهمه بعد.

ـ "لا يمكننا تجاهل الأمر ببساطة"، قال كاي أخيرًا، "إذا كانت هذه الألماسات تخص شخصًا مهمًا، فقد نكون في مشكلة كبيرة. وتلك البطاقات... قد نكون أمام معلومات حساسة للغاية".

ـ "ربما من الأفضل التخلص من كل شيء"، اقترح تاهو، ولم يرفع عينيه عن الألماس.

ـ "لا يمكننا اتخاذ قرارات متسرعة"، رد كاي، "قبل فعل أي شيء، يجب أن نعرف ما يجري. قد تكون لهذه الأشياء قيمة تتجاوز المال".

لوكا، الذي ظل صامتًا حتى تلك اللحظة، تدخل قائلاً:

"أنا خبير في التكنولوجيا، يمكنني قراءة ما في هذه البطاقات، لكن سيستغرق ذلك بعض الوقت. ربما بهذه الطريقة نعرف أكثر".

أوماً كاي، عارفًا أنه ليس لديهم خيار آخر. كان مصير الفتيان يتشابك بشكل متزايد مع لغز لم يتخيلوه. كانت السرقة مجرد بداية، لكنهم الآن داخل لعبة أخطر بكثير.

ـ "إذن، لنفعلها"، قال كاي، "نحتاج إلى إجابات. وبسرعة".

ـ "إذن تريدون مني فك تشفير هذا؟" سأل لوكا وهو يفحص البطاقات.

ـ "نعم، وبأسرع وقت ممكن"، أجاب كاي، "لا نعرف ما تحتويه، لكنها قد تكون مرتبطة بسرقة البنك".

وصل لوكا إحدى البطاقات إلى جهاز الكمبيوتر الخاص به وبدأ يكتب بسرعة. أضاءت الشاشات بأكواد وملفات بدأت تتكشف شيئاً فشيئاً. كان الفتيان يراقبون بلهفة، غير قادرين على إبعاد أنظارهم عن الشاشات.

فجأة، توقف لوكا. اتسعت عيناه.

ـ "يا شباب... هذه ليست مجرد معلومات بنكية"، قال بنبرة جادة، "هذا أكبر بكثير. هنا بيانات عن عمليات سرية، وتحويلات بملايين... وأسماء. أسماء كبيرة" خفق قلب كاي بقوة.

ـ "كم هو مهم؟" سأل بشعور مختلط من الأدرينالين والخوف.

ـ "نحن نتحدث عن سياسيين، رجال أعمال... أشخاص لا يريدون لهذه المعلومات أن تظهر"، أجاب لوكا وهو ينظر إلى الفتيان بقلق، "هذا قد يضعهم في خطر كبير."

ـ "إذن... ماذا نفعل؟" سأل مالك.

أخذ كاي نفسًا عميقًا. كانت ثقل الموقف كبيراً، لكن لم يكن هناك رجوع إلى الوراء.

ـ "علينا أن نكون أذكياء. أن نستخدم هذه المعلومات لصالحنا، لكن دون أن نعرض أنفسنا للخطر. مهما كانت، نحن الآن جزء من شيء أكبر. ويجب أن نكون مستعدين."

أومأ الفتيان، مدركين أن الطريق أمامهم سيكون أكثر خطورة مما تخيلوا.

كانت عملية إعادة توزيع الأموال جارية، لكن المعركة الحقيقية كانت قد بدأت للتو.

الفصل السابع عشر: ظل المكافأة

لم يستغرق الأمر وقتاً طويلاً حتى انتشرت أخبار السرقة في البنك المركزي في نيو أورلينز. جميع القنوات التلفزيونية والصحف ومنصات وسائل التواصل الاجتماعي غطت القضية بتفاصيل فضائحية. كانت السرقة أكبر ضربة في تاريخ البلاد البنكي، وأصبح الجميع يترقب كل خطوة في التحقيق.

وسط فوضى الإعلام، ظهرت شخصية من قسم شرطة نيو أورلينز. المحققة أليشيا مافريك، معروفة بحدتها وعزمها الذي لا يلين، تم تكليفها بالقضية. بشعرها البني الطويل المرتبط بربطة عالية ونظرة تبدو وكأنها تخترق أي كذبة، لم تكن أليشيا شخصاً يمكن العبث معه.

عندما دخلت أليشيا قاعة الاجتماعات في البنك المركزي، استقبلها رئيس البنك، جورج أرماند، رجل ضخم ذو شعر رمادي وبدلة أنيقة. راقبها أرماند بنظرة مزيج من القلق والتحدي، فقد كان يعلم أن أي خطأ في هذه القضية قد ينهي مسيرته المهنية.

قال أرماند وهو يمد يده: "المحققة مافريك، أنا سعيد بتواجدك هنا. لا داعي لقول إن هذه القضية هي أولوية بالنسبة لنا".

تجاهلته أليشيا ودخلت في صلب الموضوع مباشرة.

قالت بنبرة حازمة بينما أخرجت دفترها: "أحتاج إلى الوصول إلى جميع ملفات الأمن، والتسجيلات، والسجلات المصرفية للأشهر الستة الماضية. ليس فقط في غرفة الخزانة، بل في المناطق المحيطة أيضاً".

رد أرماند وهو يحاول الحفاظ على هدوئه: "بالطبع. سنقدم لك كل ما تحتاجينه".

أخرجت أليشيا حقيبة أدلة من حقيبتها ووضعتها على الطاولة. داخل الحقيبة، لم يكن مقذوفاً عادياً. كان PVC. كان هناك مقذوف مصنوع من مادة مركبة من شيئاً فريداً لم تره من قبل، ولم يكن هناك أي سجل لهذا المقذوف.

قالت مافريك وهي تشير إلى المقذوف: "وجدنا هذا في موقع الحادث. إنه نوع من المقذوفات التي لم نرها من قبل. المادة غير معروفة، والتصميم لا يتطابق مع أي سلاح مسجل في قواعد البيانات الوطنية أو الدولية".

تقدم أرماند إلى الأمام وعقد حاجبيه.

"ماذا تقترحين يا محققة؟"

ردت أليشيا دون تردد: "أنا لا أقترح شيئاً حتى الآن يا سيد أرماند، لكن ما يمكنني قوله هو أن من خطط لهذه السرقة ليس هاوياً. هذه عملية على مستوى دولة. نحن لا نتحدث عن مجرمين عاديين. نوع الرصاص، تنفيذ السرقة... كل هذا يشير إلى مستوى من التعقيد يوحي بتدخل أجنبي أو على الأقل اتصالات مع شخص قوي".

سأل أرماند بصوت بدأ يظهر عليه علامات التوتر: "هل تلميحك يعني أننا نتعامل مع مجموعة شبه عسكرية؟"

أجابت مافريك دون أن تحيد بنظرها: "هذا احتمال. لكني لن أستنتج شيئاً متسرعاً. أردت فقط أن تعلم بذلك. الآن، إذا سمحت لي، لدي عمل يجب أن أتابعه"

استدارت أليشيا للخروج من القاعة، ولكن قبل أن تصل إلى الباب، أوقفها أرماند.

"المحققة، إذا كنتِ بحاجة إلى أي شيء، أي شيء على الإطلاق، لا تترددي في طلبه. نحن على استعداد لفعل أي شيء لحل هذه القضية".

قالت أليشيا دون أن تنظر إليه: "سأضع ذلك في الاعتبار، سيد أرماند." ثم خرجت من الباب.

حالما أغلق الباب، تنهد أرماند بعمق. انتظر لبضع ثوانٍ قبل أن يتصل برئيس الأمن الخاص به، ريتشارد وولف، رجل طويل ذو هيئة صارمة وملامح ثابتة.

قال أرماند وهو ينظر من نافذة مكتبه: "ريتشارد، نحن بحاجة إلى اتخاذ إجراء صارم".

سأله وولف، على الرغم من أنه كان لديه فكرة عما سيأتي: "ما الذي تفكر فيه، سيدي؟"

قال أرماند وهو يستدير لينظر إلى رئيس الأمن الخاص به: "مكافأة. خمسة ملايين دولار لمن يقدم معلومات تؤدي إلى القبض على مرتكبي السرقة. لا يمكننا السماح بأن يستمر هذا. سمعة البنك على المحك، وكلما أسرعنا في القبض على هؤلاء اللصوص، كان ذلك أفضل."

أومأ وولف ببطء.

"مفهوم. سأهتم بنشر الخبر."

أصر أرماند قائلاً: "قم بذلك فوراً. لا أريد أن تتسرب هذه المعلومات من أي مصدر آخر. يجب أن تأتي مباشرة منا."

في تلك اللحظة، رن الهاتف على مكتب أرماند. عندما نظر إلى الشاشة، تصلبت عينيه لرؤية معرف المتصل: "مكتب الرئيس." تنهد، ثم رفع السماعة.

قال بصوت متوتر: "أرماند هنا، كيف يمكنني مساعدتك، سيدي الرئيس؟"

على الطرف الآخر من الخط كان رئيس الولايات المتحدة، ألكساندر راسل. كان صوته حاداً، شبه سلطوي.

قال راسل بلهجة جليدية: "جورج، لا وقت للدوران حول الموضوع. سمعت للتو عن البطاقات الإلكترونية التي عثروا عليها في الخزانة. هذا ليس مجرد سرقة أموال، إنه شيء أكبر بكثير. نحن نتحدث عن معلومات سرية، عمليات مخابرات، أسماء... أريد أن أعرف ماذا حدث هناك بالضبط."

ابتلع أرماند بصعوبة، وشعر بعقدة في معدته.

قال: "نحن نعمل على ذلك، سيدي الرئيس. حتى الآن، تأكدنا من أن البطاقات تحتوي على بيانات حساسة، لكننا ما زلنا نحاول فك كل ما تحتويه. المحققة المسؤولة عن القضية، أليثيا مافريك، تتابع كل هذا، ولكن هناك مؤشرات على أن هذا كان من تدبير محترفين، ربما مجموعة أجنبية."

ظل راسل صامتاً لبضع ثوانٍ قبل أن يرد بنبرة جليدية.

"استمع، جورج. لا يهمني إذا كانت مجموعة أجنبية أو شبح. إذا خرجت هذه البيانات إلى العلن، فإننا نخاطر بأزمة دولية. عالج هذا الأمر بشكل سري، ولكن بفعالية. إذا لم يكن لديك سيطرة على الوضع قريباً، فسنتدخل بشكل مباشر."

قال أرماند بصوت متوتر: "نعم، سيدي الرئيس

عندما انتهت المكالمة، جلس أرماند على كرسيه، يشعر بعبء العالم على كتفيه. كان يعلم أن الوقت يمر وأن كل ثانية لها قيمتها. بينما كان ينظر إلى أفق نيو أورلينز، لم يكن بوسعه سوى أن يأمل في أن الخمسة ملايين دولار المعروضة كمكافأة ستدفع أحدهم إلى التقدم. لكنه كان يعلم أيضاً أنه كلما حفروا أكثر في القضية، كلما كانت الأسرار التي سيكتشفونها أكثر ظلاماً.

كان متأكداً من شيء واحد: ما بدأ كسرقة بسيطة قد تصاعد بسرعة إلى شيء أخطر بكثير.

الفصل 18: هدنة وسط العاصفة

بعد أشهر من التوتر والتخطيط والتنفيذ، انتهى موسم الشتاء أخيرًا. كان الأولاد يحتلون مراكز جيدة في دوري كرة السلة، لكن في قلوبهم، كانوا يعلمون أن التحديات الحقيقية لم تكن في الملعب، بل في العالم الذي يرغبون في تغييره. مع إخفاء الألماس في مكان آمن، وحفظ البطاقات المغناطيسية بطريقة أكثر سرية، شعروا وكأنهم للمرة الأولى منذ أشهر يمكنهم أن يتنفسوا الصعداء.

تبادلوا النظرات في تدريبهم الأخير، غارقين في العرق ولكن بارتياح مرسوم على وجوههم. لم تكن السلطات قد حصلت على أي خيط واضح عن السرقة، وكانت المكافأة التي تقدر بخمسة ملايين دولار قد جذبت الكثير من الاهتمام، ولكنهم كانوا دائمًا خطوة إلى الأمام. الآن، كان عليهم أن يقرروا ماذا يفعلون بمستقبلهم.

كان كاي أول من تحدث، وهو يقوم بتمديد عضلاته بعد تمرين شاق.

"لقد حققنا الكثير، لكن لا أعلم إذا كنا نستطيع أن نواصل العيش بهذه الطريقة، تحت هذا الضغط المستمر"، قال بصوت هادئ ومتأمل. "هل هذا ما نريده؟ هل نريد تغيير العالم أم... إيجاد بعض السلام؟"

أومأ أمادو برأسه، وهو دائمًا الوسيط في المجموعة.

"نحن جميعًا بحاجة إلى استراحة، يا أخي. لكن لا يمكننا أن نفقد بصرنا عن ما نقوم به. نحن نساعد الناس الذين يحتاجون للمساعدة. ومع ذلك، ستكون استراحة جيدة بالنسبة لنا"، قال بابتسامة خفيفة.

رمى ليو الكرة باتجاه الجدار وأمسكها بعد ارتدادها.

يا شباب، لقد استحقينا إجازة. أنا جاد. لقد كنا في أقصى طاقتنا لأشهر، وإذا
واصلنا بهذا الشكل، فسوف نتحطم. ما رأيكم أن نأخذ بعض الوقت للاسترخاء قبل
أن نقرر ماذا نفعل؟"

إجازة؟"، تدخل مالك، رافعًا حاجبًا بينما كان يمسح العرق عن جبينه. "هذا"
يبدو جيدًا، لكن أين؟ وهل نحن متأكدون أننا يمكننا أن نسترخي؟"

كان لدى لوكا، الذي دائمًا ما يكون المخطط، فكرة جاهزة.

انظروا، هناك مكان مثالي لهذا: ميامي. شمس، شاطئ، والأفضل من كل"
ذلك، يمكننا أن نكون بعيدين عن الأنظار بين السياح"، قال وهو يخرج جهازه
اللوحي ويبدأ في البحث عن صور للمكان. "إضافة إلى ذلك، مع ما مررنا به، أعتقد
أن الجميع يستحقون الشعور بالرمال تحت أقدامهم ونسيان الألماس والبطاقات
لبعض الوقت"

ابتسم تاهو، الذي كان دائمًا يبحث عن المغامرة القادمة، ابتسامة واسعة.

ميامي تبدو رائعة! أحتاج إلى البحر، الأمواج، قليل من ركوب الأمواج. لا"
أستطيع الانتظار لأشعر بتلك الحرية مجددًا"، قال بحماس، متصورًا لوح التزلج
الخاص به يقطع الأمواج تحت الشمس.

كان القرار بالإجماع. المجموعة، مرهقون ولكن متفائلون، حجزوا تذاكرهم إلى
ميامي واستعدوا لما كانوا يأملون أن تكون أسبوعًا من الهدوء.

بعد أسبوع، وصلوا إلى ميامي، حيث استقبلهم شمس دافئة، وسماء صافية،
وكيلومترات من الشاطئ الذهبي. البحر بدا وكأنه يناديهم، والهواء المالح كان
راحة مرحب بها.

"هذه هي الحياة، يا أصدقاء"، قال ليو، وهو يتمدد بينما كانوا يغادرون المطار "ويشعرون بالحرارة المحيطة بهم. "بضعة أيام هنا وسنكون كالجدد".

استقرت المجموعة في منزل مستأجر بجوار شاطئ ساوث بيتش. كان واسعًا، مع شرفة تطل على المحيط. صوت الأمواج المتلاطمة على الشاطئ ملأ المكان، وللحظة، تلاشت العوالم الخارجية. كان هذا تمامًا ما يحتاجونه.

"هذا المكان مثالي"، قال مالك وهو مستلقٍ في أرجوحة بالشرفة، بابتسامة ارتياح.

في تلك الليلة، ارتدوا ملابس السباحة ونزلوا إلى الشاطئ. كان تاهو أول من ركض نحو الماء، يقفز على لوح التزلج الخاص به وكأنه جزء منه. البقية استرخوا على الرمال، البعض يلعب بالكرة بينما كان كاي يتأمل قرب البحر، تاركًا صوت الأمواج يهدئ عقله.

"أليس من المدهش كيف يمكن للبحر أن يجعلك تنسى كل شيء؟"، قال أمادو، وهو ينظر إلى الأفق بينما كانت الشمس تغرب.

"نعم، لكن أيضًا يذكرني بأن العالم لا يزال هناك، مليء بالمشاكل"، أجاب لوكا، مستلقيًا على كرسي الشاطئ. "نحن هنا نأخذ استراحة، ولكن الحقيقة هي أننا عاجلاً أم آجلاً سنحتاج إلى أن نقرر ماذا نفعل بالألماس والبطاقات".

انضم ليو إلى المحادثة، وهو يرمي الكرة في الهواء ويمسكها بيد واحدة. "انظروا، أيًا كان ما سنقرره، فسيكون معًا. لقد مررنا بالكثير، ولا يوجد سبب للاستعجال. الآن هو وقت للاسترخاء والاستمتاع بهذا"

كانت الشمس تنخفض ببطء، وتلوّن السماء بظلال من البرتقالي والبنفسجي. كان الجو هادئًا، لكنهم لم يستطيعوا منع أنفسهم من الشعور بأن هذه اللحظة من السلام كانت مؤقتة.

في تلك الليلة، جالسين حول النار على الشاطئ، شاركت المجموعة القصص والضحكات. لكن مع استمرار رقص اللهب وصعود القمر فوق المحيط، أصبحت المحادثة أكثر جدية.

"لدينا في أيدينا شيء يمكن أن يغير حياة الكثيرين"، قال مالك، كاسرًا الصمت. "لكننا نعلم أيضًا أنه إذا قمنا بالخطوة الخاطئة، فقد يكلفنا ذلك كل شيء.

"ربما يجب أن نتقاعد، نبدأ من جديد في مكان بعيد عن كل هذا"، اقترح كاي، وهو ينظر إلى النجوم. "ليس من الضروري دائمًا القتال.

"وترك المهمة؟"، سأل تاهو. "نحن نعلم أن هناك ظلمًا في العالم. لقد قمنا بعمل رائع حتى الآن، لكني أفهم أيضًا أننا لا يمكن أن نخاطر بحياتنا إلى الأبد."

وأخيرًا، تحدث لوكا بعد أن كان صامتًا لفترة.

"ربما لا يكون كل شيء أو لا شيء. يمكننا القيام بالأمور على وتيرتنا. لا يتعين علينا تغيير العالم دفعة واحدة، ولكن أيضًا لا يتعين علينا تركه. لنأخذ هذه الأيام للتفكير في خطوتنا التالية، بدون تسرع."

أومأ أمادو برأسه.

"موافق. لا نتخذ أي قرارات الآن. هذا الأسبوع لنا، لنتواصل مع أنفسنا مجددًا. بعد ذلك سنرى ما هو الطريق الذي سنتخذه."

تبادل الأولاد النظرات، ولأول مرة منذ أشهر، شعروا بأن حملاً خفيفًا قد زال عن أكتافهم. القرار لم يُتخذ بعد، لكنهم الآن، على الأقل للحظة قصيرة، استطاعوا

أن يستمتعوا بحريتهم. ومع استمرار الأمواج في تحطمها على الشاطئ، بدا العالم، ولو لبرهة، في سلام.

الفصل 19: الحركة المذهلة

كان غروب الشمس قد بدأ خلف ناطحات السحاب في نيويورك، بينما أنهى لاعبو كرة السلة تدريبهم الأخير لهذا الأسبوع. كانت المباراة ضد مركز الطلاب مكثفة، لكن الآن كان لديهم مهمة من نوع آخر على عاتقهم. لقد أمضوا أياماً في التخطيط لتحركهم التالي، وهو تحرك يمكن أن يحدث فرقاً في معركتهم من أجل العدالة: القبض على المحتال الدولي الشهير، ماركوس رافيلو.

رافيلو كان قد خدع الآلاف من الناس البسطاء على مر السنين، وسرق مدخراتهم وتركهم بلا شيء. امتدت شبكته من عمليات الاحتيال في جميع أنحاء العالم، وكان يعمل لديه أكثر من 500 موظف ينفذون عمليات احتيال تتنوع من هرمية إلى انتحال الهوية المصرفية. وعلى الرغم من القبض عليه مرة واحدة، إلا أنه قضى ثلاثة أشهر فقط في السجن. الآن، كان يعيش في مبنى فاخر في وسط نيويورك، محمياً بمجموعة أمنية تُعتبر من الأفضل في العالم.

نظر ليو، الذي كان لا يزال متعرقاً من التدريب، إلى المجموعة المجتمعة في غرفة الملابس.

"هل أنتم جاهزون لهذا؟" سأل، بنبرة حازمة ولكن متحمسة. "إذا فشلنا، فقد ينهار كل ما فعلناه حتى الآن. لكن إذا نجحنا، يمكننا أن نوجه ضربة قوية ضد الظلم الذي سببه هذا الرجل".

أمادو، قلب الفريق، فرك يديه وأومأ برأسه.

"لا يمكننا السماح له بخداع المزيد من الناس. لقد حان الوقت لوضع حد لهذا الأمر"، قال بتصميم.

كاي، الأكثر هدوءاً دائماً، أخذ نفساً عميقاً.

"لدينا الخطة. لقد استعددنا جيداً. كل ما نحتاجه هو الحفاظ على الهدوء وأن نكون دقيقين. لا يجب أن يتعرف أحد على وجوهنا هنا"، أضاف، مشيراً إلى استراتيجيتهم في التنكر كطاقم تنظيف.

كان لوكا، كعادته، العقل المدبر وراء الخطة.

"لقد اخترقنا نظام الأمن للتأكد من أن الطاقم التنظيفي العادي سيتلقى مكالمات تطلب منهم عدم الذهاب للعمل غداً. لدينا الزي الرسمي، البطاقات، وتحركاتنا محسوبة جيداً"، قال، وهو يعرض شاشة جهازه اللوحي التي تظهر مخطط المبنى الخاص برافيلو. "ندخل، ونضعه في إحدى عربات التنظيف، ونخرجه من الباب الخلفي قبل أن يلاحظ أحد غيابه."

في صباح اليوم التالي، بزي طاقم التنظيف، دخل الفتيان المبنى الفاخر لماركوس رافيلو وكأنه يوم عادي. كان كل منهم يرتدي نظارات شمسية وقبعات تخفي وجوههم جزئياً، لكن كانت هناك تفاصيل في خطتهم أثارت نظرات الفضول.

تاهو، بجسده الرياضي، جذب انتباه إحدى السكرتيرات في الاستقبال.

"مهلاً، أنت تشبه ريكو لينكس كثيراً، أتعلم؟" قالت المرأة، مشيرةً إلى ممثل شهير بأفلام الأكشن. "ألم يقل لك أحد أنك تستطيع أن تكون بديلاً له؟"

ابتسم تاهو قليلاً وخفض قبعته قليلاً أكثر على جبهته.

"لقد قالوا لي ذلك من قبل، لكن صدقيني، أنا أفضل بالممسحة من حركات الأفلام المثيرة"، رد وهو يتظاهر بالتركيز على عمله.

في تلك الأثناء، تلقى مالك، الذي كان يُشبّه أيضاً بالممثل جايس فيلدون، المعروف بلعب أدوار الرومانسية، تعليقات مشابهة من الآخرين في المبنى. لكن لم يكن بإمكان أحدهم فقدان التركيز. كان لديهم مهمة عليهم تنفيذها.

كان لوكا وكاي أول من وصل إلى مكتب رافيلو. كانوا يعلمون أن المحتال سيكون بالداخل، يعمل على "أعماله". تظاهروا بتنظيف الممر بينما راقبوا كل حركة داخل المكتب من خلال الكاميرات التي اخترقها لوكا. كانوا يعلمون أن رافيلو كان لديه اجتماعات خاصة في المساء، مما يمنحهم وقتاً محدوداً لتنفيذ خطتهم.

"جاهزون؟" همس لوكا، وهو يعدل سماعة الأذن الخاصة به.

أومأ كاي، دون أن يبعد عينيه عن الباب.

"لنذهب"، رد، وهو يأخذ معدات التنظيف الخاصة به.

دخلوا المكتب بتلقائية، وهم يدفعون عربة التنظيف الكبيرة. كان رافيلو، رجل في منتصف العمر ذو شعر رمادي ووجه غير مبال، جالساً خلف مكتبه الكبير يتحدث على الهاتف. لم يكلف نفسه عناء رفع رأسه عندما دخلوا.

بينما تظاهر لوكا بتنظيف النوافذ، اقترب ليو وتاهو من المكتب. بحركات دقيقة، سحب كاي إبرة صغيرة من جيبه، وفي لحظة واحدة، فقد رافيلو وعيه دون أن يُصدر أي صوت.

"ضعه في العربة"، قال تاهو، وهو يفتح الجزء السفلي من عربة التنظيف التي قاموا بتعديلها خصيصاً لهذه المهمة.

بسرعة وبدقة، رفعوا جسد رافيلو ووضعوه داخل الحجرة السرية في العربة. على الرغم من التوتر، كانت كل الأمور تسير حسب الخطة.

دخل أمادو المكتب في الوقت المناسب.

"هل كل شيء على ما يرام؟" سأل، وهو ينظر إلى العربة التي تحتوي على المحتال بداخلها.

"أوماً لوكا، وتفقد الكاميرات مجدداً.

"ولكن علينا أن نتحرك بسرعة. فريق الأمن سيجري جولة تفقدية بعد عشر دقائق".

مشوا بهدوء عبر الممرات، وهم يدفعون عربة التنظيف. لم يبدو أن أحداً يشك في شيء. حتى السكرتيرة التي كانت تعلق على الشبه بين الفتيان والممثلين المشهورين ألقت عليهم التحية أثناء مرورهم.

عندما وصلوا إلى الباب الخلفي للمبنى، أخذ مالك نفساً عميقاً.

"الآن تأتي أصعب مرحلة، يجب أن نخرج من هنا دون إثارة الشكوك"، قال بصوت منخفض.

لحسن الحظ، كان لوكا قد اخترق كاميرات الأمن وأوقفها مؤقتاً في تلك المنطقة. فتحوا الباب ووجدوا أنفسهم في الزقاق، حيث كانوا قد ركنوا شاحنة توصيل مزيفة.

"بسرعة!" صرخ ليو، وهو يفتح الجزء الخلفي من الشاحنة.

برشاقة، أدخلوا العربة مع رافيلو إلى داخل الشاحنة وأغلقوا الباب.

نظر كاي إلى ساعته.

"خمس دقائق قبل أن يلاحظوا أي شيء. لنذهب"، قال، بينما جلس لوكا في مقعد السائق.

تحركت الشاحنة، وفي غضون ثوانٍ، كان الفتيان بعيدين عن المبنى، يحملون الرجل الذي دمر حياة العديد من الأشخاص البسطاء.

داخل الشاحنة، بدأ رافيلو يستيقظ، مقيّد اليدين والقدمين، وعيناه مغطاة.

"ما هذا...؟" تمتم، محاولاً التحرك.

نظر إليه ليو ببرود.

"نحن نعرف كل ما فعلته، رافيلو. حان الوقت لتدفع ثمن ما فعلته لتلك العائلات"، قال، وصوته مفعم بالغضب المكبوت.

حاول المحتال أن يتحدث، لكن مالك قاطعه.

"مسيرتك كفنان خداع قد انتهت يا صديقي. هذه المرة لن تكون هناك ثلاثة أشهر في السجن والخروج بحريتك. هذه المرة، سنحرص على أن تشعر بما يعنيه فقدان كل شيء"

بينما كانت الشاحنة تسير بسرعة عبر شوارع نيويورك، كان الفتيان يعلمون أن مهمتهم لم تنتهِ بعد، لكن في تلك اللحظة، كانوا يملكون الرجل المناسب لتحقيق العدالة، حتى وإن كان ذلك على طريقتهم الخاصة.

الفصل 20: ثمن الخوف

كان الرياح تعصف فوق الأمواج بينما هبطت الطائرة الخاصة لماركوس رافيلو بهدوء على مدرج مطار صغير في جزر البهاما، جنة ستتحول، بالمفارقة، إلى أسوأ كوابيسه. كان فريق كرة السلة قد قام بتحقيقات واكتشفوا أن الخوف الأكبر لرافيلو لم يكن السجون أو فقدان ثروته. لا، بل كان ما يخيفه حقًا هو أسماك القرش. كان لوكا، الذي تتبع الحركات المالية للمحتال، أول من تحدث بمجرد أن هبطت الطائرة.

"لقد أعددنا كل شيء. هناك مكان على بعد بضعة كيلومترات من هنا، شركة تقدم تجارب غوص مع أسماك القرش. لكن اليوم، ستكون أكثر من مجرد جاذبية سياحية بسيطة،" قال بجدية وهو ينظر إلى رفاقه.

قطب ليو جبينه بينما كان يعدل سترته.

"الأمر لا يتعلق فقط بجعله يدفع الثمن. نريد أن يعيد كل قرش، وأن يشعر بما شعرت به تلك العائلات التي فقدت كل شيء"

أمادو، الذي كان متعاطفًا دائمًا، أومأ برأسه ببطء.

"لسنا مثله. لا يمكننا أن نجعله يعاني فقط بسبب المعاناة. يجب أن يكون هناك هدف. سنجعله يعيد كل شيء، وبعد ذلك سنتركه في مكان يمكنه أن يتأمل فيه أعماله،" قال بصوت مملوء بالعطف لكن بالحزم.

بعد ساعة، استيقظ رافيلو وعيناه معصوبتان ويداه مقيدتان. كان زئير الأمواج ورائحة الملح تغمر حواسه. حاول التحرك، لكن الحبال منعته من التحرر.

"ما هذا بحق الجحيم؟" زمجر بصوت مليء بالذعر.

اقترب كاي بهدوئه المعتاد وأزال العصابة عن عينيه. ما رآه رافيلو جعله مشلولًا: قفص معدني معلق فوق الماء الفيروزي. تحت السطح، كانت ظلال مظلمة تتحرك ببطء. كانت أسماك القرش، ضخمة وتهديدية، تسبح تحته

الأمر بسيط، ماركوس،" قال تاو وهو متكئ على صخرة قريبة. "نعلم أنك"
تحب اللعب بخوف الناس، تخدعهم، تسرق مدخراتهم وتتركهم في البؤس. اليوم،
"نضعك في مواجهة خوفك الخاص."

بدأ رافيلو يلهث، محاولًا التحرر، لكنه كان عديم الفائدة. نظر إلى الفتيان
بنظرة مليئة بالكراهية.

لا تعرفون مع من تتعاملون. لدي اتصالات، أموال، ويمكنني شراء حريتي"
مرة أخرى،" قال بغطرسة.

أشعل لوكا جهاز اتصال لاسلكي وألقاه عند قدمي رافيلو.

أنت محق. لديك الكثير من المال والعديد من الاتصالات. لكننا نعلم أيضًا أن"
هذا المال وهذه الاتصالات ملطخة بالدماء. اليوم، كل ذلك سينتهي. بمجرد دخولك
إلى هذا القفص، سيبدأ الفتح تدريجيًا. هناك طريقة واحدة فقط لإيقافه: باستخدام
جهاز الاتصال اللاسلكي هذا لإعطائنا جميع الرموز للوصول إلى الحسابات التي
أخفيت فيها الأموال التي سرقتها،" قال ببرود.

أصيب المحتال، المذعور من فكرة أن يكون محاطًا بأسماك القرش، بالتردد
لوهلة. ولكن عندما رفعه الفتيان إلى القفص وأغرقوه في الماء، استحوذ عليه
الخوف.

انتظروا! انتظروا!" صرخ بيأس. "سأخبركم بكل ما تريدون، فقط أخرجوني"
من هنا."

خطا مالك، الذي ظل صامتًا حتى تلك اللحظة، خطوة إلى الأمام.

ابدأ بالكلام. ولا نريد فقط حسابات المال المسروق. نعلم أيضًا أنك تعمل مع"
تجار مخدرات وسياسيين فاسدين. نريد كل تلك المعلومات. كل ما قمت به ومع من
قمت به،" قال بصوت عميق وتهديدي.

بدأ العرق يتصبب من وجه رافيلو بينما كان القفص ينزل ببطء. كان صوت
المعدن الذي يصطدم بالماء يزيد من التوتر.

حسنًا! حسنًا!" صرخ أخيرًا. "سأعطيكم الرموز. لكن لا تضعوني في الماء"
أكثر، أرجوكم!"

خلال الساعات التالية، بدأ رافيلو يكشف كل التفاصيل. ليس فقط عن حساباته السرية، بل عن تجار المخدرات الذين عمل معهم لغسيل الأموال، والسياسيين الفاسدين الذين رشاهم، والشبكات الإجرامية التي تدير تدفق الأموال القذرة في جميع أنحاء العالم.

كان لوكا يدون كل رمز، وكل اسم، وكل مكان. وفي الوقت نفسه، كان كاي وتاو يتأكدان من أن رافيلو لا يحاول أي حيلة. وعلى الرغم من أن المحتال كان مرعوبًا تمامًا، إلا أن يأسه من النجاة جعله يتعاون.

عندما انتهوا، نظر ليو إلى رافيلو بازدراء.

"لقد استعدت أكثر مما سرقته. هذا هو بداية النهاية لأمثالك"

وبكل المعلومات في حوزتهم، عرف الفتيان أن مهمتهم لم تنته. وعلى الرغم من أنهم استعادوا أكثر مما توقعوا، إلا أنه كان لا بد من التأكد من أن رافيلو سيدفع ثمن ما فعله. لكن بدلًا من تسليمه إلى السلطات الفاسدة التي من المحتمل أن تفرج عنه مرة أخرى، قرروا إعطاءه درسًا لا ينساه.

أخذوه على متن طائرته الخاصة وسافروا إلى ليما، بيرو. هناك، في أحد أفقر أحياء المدينة، تركوه، جردوه من ثرواته، وهويته، وقدرته على الكلام مؤقتًا. كانوا قد استخدموا مخدرًا قويًا سيجعله واعيًا، لكنه غير قادر على التواصل، لمدة لا تقل عن أسبوع.

قبل المغادرة، نظر أمادو إلى المحتال بمزيج من الشفقة والحزم.

"هنا ستتعلم ما يعنيه أن تكون في البؤس. هؤلاء هم نفس النوع من الناس الذين سرقتهم. آمل أن يعتنوا بك، لأنه للمرة الأولى في حياتك، ستعتمد على لطف الآخرين."

بينما كانت الطائرة تحلق عائدة إلى الولايات المتحدة، كان فريق كرة السلة يناقش ما فعلوه.

"هل تعتقدون أن هذا سيجعله يتغير حقًا؟" سأل مالك وهو ينظر من النافذة.

رفع ليو كتفيه دائمًا بواقعية.

لست متأكدًا. لكن ما أعرفه هو أن الناس مثله يعتقدون دائمًا أنهم يمكنهم" الإفلات بفعلتهم. إذا استطعنا إخافته بما يكفي، فقد يفكر مرتين قبل أن يفعل ذلك مرة أخرى".

أضاف كاي بتأمل:

الدروس الحقيقية هنا ليست فقط لرافيلو. إنها لنا جميعًا. القوة والمال يمكن" أن يفسدا، لكن يمكن استخدامهما أيضًا لتحقيق الخير. المهم هو كيف نقرر استخدام قدراتنا وما نحن مستعدون لفعله من أجل الآخرين".

واختتم أمادو بابتسامة خفيفة:

لا يمكننا إنقاذ العالم بضربة واحدة، لكن يمكننا إحداث فرق، شخص واحد" في كل مرة. ومع ما أنجزناه اليوم، ربما نكون قد خطونا خطوة أخرى نحو العالم بلا حدود الذي نحلم به".

كانت الطائرة تشق السماء، وعرف الفريق أن نضالهم من أجل العدالة لم ينته، لكنهم، معًا، يمكنهم تحقيق الكثير مما لم يتصوره أي فريق آخر. وفي هذه الأثناء، كان ماركوس رافيلو، في كوخ من الكرتون على أطراف ليما، يتأمل في سقوطه من قمة السلطة إلى أعماق الفقر، محاطًا بأولئك الذين حاول تدميرهم.

استيقاظ رجل

فتح ماركوس رافيلو عينيه ببطء. أشعة الشمس التي تسللت عبر شقوق البيت المتواضع المصنوع من الكرتون أبهرت بصره، وكان ضجيج مدينة ليما في بيرو صوتًا مستمرًا يذكره بالبعد عن حياته السابقة. شعر بجسده متصلبًا، لكنه أكثر خفة مما كان عليه في الأيام الماضية. شيئًا فشيئًا، بدأ التنميل الذي استولى عليه أثناء أسره يتلاشى.

بجهد، نهض من سريره المؤقت المصنوع من الأغطية والكرتون ونظر حوله. الأسرة التي استضافته، رغم عدم معرفتهم حقيقته، تابعت روتينها اليومي. كانت السيدة ماريا، امرأة في الستينيات من عمرها، وجهها مجعد بفعل الزمن والنضال، تقدم له شايًا ساخنًا.

"صباح الخير، سيد ماركوس"، قالت ماريا بابتسامة دافئة، "اليوم تبدو أفضل. كيف تشعر؟"

تلمس ماركوس حلقه، متفاجئًا بأن الكلمات عادت أخيرًا إلى شفتيه.

"شكرًا... شكرًا جزيلاً"، تمتم بصوت خشن من قلة الاستعمال.

نظرت إليه ماريا بتعاطف.

"يبدو أنك تغيرت. عندما وجدناك، كنت تبدو كرجل مهزوم. لكن الآن، هناك نور في عينيك... ماذا حدث؟"

لم يستطع ماركوس الرد فورًا. نهض ببطء وتوجه نحو الطاولة حيث وضع حقيبته الصغيرة. عند فتحها، وجد شيئًا لم يكن يتوقعه: رسالة مطوية بعناية داخلها. بيدين مرتعشتين، فتح الورقة وقرأ الكلمات التي ستغير حياته إلى الأبد:

حان وقت التغيير. استخدم هذا المال لفعل شيء جيد، شيء يتجاوز ماضيك."

"لديك فرصة جديدة. لا تضيعها. ـ بلا حدود

أغلق ماركوس عينيه، شاعرًا بغصة في حلقه. لم يأخذ الشبان الذين اختطفوه حريته مؤقتًا فحسب، بل منحوه شيئًا أكثر قيمة بكثير: فرصة الفداء.

"ماذا تقول الرسالة، سيد ماركوس؟" سأل بابلو، ابن ماريا المراهق الذي كان يراقب من الباب.

"تقول..." تنفس ماركوس بعمق، "تقول إنه حان وقت التغيير"

في الأسابيع التالية، استخدم ماركوس المال الذي احتفظ به في حقيبته الصغيرة لشراء منازل جاهزة ودراجات لعائلات المنطقة. بدأت المجتمع، الذي كان في البداية ينظر إليه بشك، يسميه المنقذ، وهو لقب يصعب عليه قبوله لكنه حمله بتواضع.

ذات يوم، أثناء إشرافه على تسليم أحد المنازل الجاهزة، اقترب منه خافيير، أحد سكان المجتمع.

"لماذا تفعل هذا؟" سأل خافيير، رجل طويل ونحيف، بشرته مشبعة بشمس العمل.

تنهد ماركوس، الذي تعلم العيش بأقل.

"لم أكن دائمًا هكذا. كنت شخصًا يسرق ويخدع الآخرين. ودفعت الثمن لذلك."

"لكنهم منحوني فرصة ثانية... ولا يمكنني تضييعها"

نظر إليه خافيير باهتمام، كأنه يحاول قراءة روحه.

"حسنًا، أحيانًا تضربنا الحياة لتجعلنا أفضل"، قال أخيرًا، "هنا، لدينا جميعًا قصة. لكن الأهم هو ما نفعله بالفرص الثانية"

أومأ ماركوس، مدركًا أكثر مما كان يرغب في الاعتراف. اقتربت منه كلارا، ابنة ماريا الصغيرة، ممسكة بيده.

"سيد ماركوس، تعال، أريد أن أريك شيئًا"

أخذته إلى تلة صغيرة حيث يمكنهم رؤية الغروب فوق المدينة. كانت ألوان البرتقالي والوردي تتمازج في السماء بينما كان يغيب الشمس خلف التلال.

"هذا المكان الذي نأتي إليه عندما نشعر بالحزن"، قالت كلارا بابتسامة خجولة، "لكننا نأتي أيضًا عندما نكون سعداء. لأن السماء تتغير دائمًا، وأمي تقول إن هذا يذكرنا بأن لا شيء يدوم إلى الأبد".

نظر ماركوس إلى الأفق، شاعرًا بسلام لم يشعر به من قبل.

"أنتِ محقة يا كلارا. لا شيء يدوم إلى الأبد. لكن لدينا القدرة على تغيير ما نحن عليه... إذا حاولنا".

في تلك الليلة، بينما تجمع الحي حول نار مؤقتة، جلس ماركوس بجانب ماريا وبابلو. الأسرة التي استضافته دون طرح أسئلة، كانت تعتبره الآن جزءًا منهم.

"لقد فكرت كثيرًا في العودة إلى الولايات المتحدة"، قال ماركوس فجأة، قاطعًا الصمت.

رفعت ماريا، التي كانت تخيط، رأسها بفضول.

"وهل ستفعل؟"

هزّ ماركوس رأسه بالنفي.

"لا. لا يمكنني العودة. الأشخاص الذين كانوا يعرفونني هناك... لن يسمحوا لي بذلك. سياسيون، مافيات... الجميع يريدون رؤيتي ميتًا لما أعرفه. هنا، وجدت حياة جديدة. لقد وجدت شيئًا لم أملكه أبدًا من قبل: السلام".

أومأ بابلو الذي كان يستمع باهتمام.

"أحيانًا، إيجاد السلام ليس متعلقًا بمكاننا، بل بمن نختار أن نكون".

ابتسم ماركوس. لم يكن يعتقد يومًا أن شابًا فقيرًا يمكنه قول شيء عميق كهذا.

"أنت محق يا بابلو. كنت أشياء كثيرة في حياتي، لكنني لم أكن يومًا رجلًا حقيقيًا... حتى الآن".

نهض ونظر إلى السماء المليئة بالنجوم. كانت النجوم تلمع بقوة، وكأنها ترشده في طريقه الجديد.

"شكرًا..." همس، بصوت يكاد لا يسمع، "شكرًا لأولئك الذين اختطفوني، شكرًا لكم... لقد جعلتموني رجلًا حقيقيًا".

ومع هذه الكلمات، علم ماركوس أنه قد أغلق دورة من حياته. حياته السابقة كانت مليئة بالبذخ، السلطة، والفساد، لكن حياته الجديدة، رغم تواضعها، كانت مليئة بالمعنى. المنقذ، كما كانوا يلقبونه، وجد شيئًا أثمن بكثير من كل أموال العالم: وجد إنسانيته.

وفي نهاية تلك الليلة، بينما كان الحي ينام وأضواء ليما تلمع بعيدًا، سمح ماركوس رافيلو لنفسه بابتسامة أخيرة قبل أن ينام على سريره المؤقت. كان يعلم

أنه لن يعود إلى الولايات المتحدة، لكنه لم يكن بحاجة لذلك. مكانه كان هنا، في قلوب من ساعدهم على النهوض. ولأول مرة في حياته، كان هذا كافيًا.

استيقاظ رجل

فتح ماركوس رافيلو عينيه ببطء. أشعة الشمس التي تسللت عبر شقوق البيت المتواضع المصنوع من الكرتون أبهرت بصره، وكان ضجيج مدينة ليما في بيرو صوتًا مستمرًا يذكره بالبعد عن حياته السابقة. شعر بجسده متصلبًا، لكنه أكثر خفة مما كان عليه في الأيام الماضية. شيئًا فشيئًا، بدأ التنميل الذي استولى عليه أثناء أسره يتلاشى.

بجهد، نهض من سريره المؤقت المصنوع من الأغطية والكرتون ونظر حوله. الأسرة التي استضافته، رغم عدم معرفتهم حقيقته، تابعت روتينها اليومي. كانت السيدة ماريا، امرأة في الستينيات من عمرها، وجهها مجعد بفعل الزمن والنضال، تقدم له شايًا ساخنًا.

صباح الخير، سيد ماركوس"، قالت ماريا بابتسامة دافئة، "اليوم تبدو أفضل. كيف تشعر؟"

تلمس ماركوس حلقه، متفاجئًا بأن الكلمات عادت أخيرًا إلى شفتيه.

شكرًا... شكرًا جزيلاً"، تمتم بصوت خشن من قلة الاستعمال.

نظرت إليه ماريا بتعاطف.

يبدو أنك تغيرت. عندما وجدناك، كنت تبدو كرجل مهزوم. لكن الآن، هناك نور في عينيك... ماذا حدث؟"

لم يستطع ماركوس الرد فورًا. نهض ببطء وتوجه نحو الطاولة حيث وضع حقيبته الصغيرة. عند فتحها، وجد شيئًا لم يكن يتوقعه: رسالة مطوية بعناية داخلها. بيدين مرتعشتين، فتح الورقة وقرأ الكلمات التي ستغير حياته إلى الأبد:

حان وقت التغيير. استخدم هذا المال لفعل شيء جيد، شيء يتجاوز ماضيك."

"لديك فرصة جديدة. لا تضيعها. ـ بلا حدود

أغلق ماركوس عينيه، شاعرًا بغصة في حلقه. لم يأخذ الشبان الذين اختطفوه حريته مؤقتًا فحسب، بل منحوه شيئًا أكثر قيمة بكثير: فرصة الفداء.

"ماذا تقول الرسالة، سيد ماركوس؟" سأل بابلو، ابن ماريا المراهق الذي كان يراقب من الباب.

"تقول..." تنفس ماركوس بعمق، "تقول إنه حان وقت التغيير."

في الأسابيع التالية، استخدم ماركوس المال الذي احتفظ به في حقيبته الصغيرة لشراء منازل ودراجات جاهزة لعائلات المنطقة. بدأت المجتمع، الذي كان في البداية ينظر إليه بشك، يسميه المنقذ، وهو لقب يصعب عليه قبوله لكنه حمله بتواضع.

ذات يوم، أثناء إشرافه على تسليم أحد المنازل الجاهزة، اقترب منه خافيير، أحد سكان المجتمع.

"لماذا تفعل هذا؟" سأل خافيير، رجل طويل ونحيف، بشرته مشبعة بشمس العمل.

تنهد ماركوس، الذي تعلم العيش بأقل.

"لم أكن دائمًا هكذا. كنت شخصًا يسرق ويخدع الآخرين. ودفعت الثمن لذلك."

"لكنهم منحوني فرصة ثانية... ولا يمكنني تضييعها"

نظر إليه خافيير باهتمام، كأنه يحاول قراءة روحه.

"حسنًا، أحيانًا تضربنا الحياة لتجعلنا أفضل"، قال أخيرًا، "هنا، لدينا جميعًا قصة. لكن الأهم هو ما نفعله بالفرص الثانية"

أومأ ماركوس، مدركًا أكثر مما كان يرغب في الاعتراف. اقتربت منه كلارا، ابنة ماريا الصغيرة، ممسكة بيده.

"سيد ماركوس، تعال، أريد أن أريك شيئًا."

أخذته إلى تلة صغيرة حيث يمكنهم رؤية الغروب فوق المدينة. كانت ألوان البرتقالي والوردي تتمازج في السماء بينما كان يغيب الشمس خلف التلال.

"هذا المكان الذي نأتي إليه عندما نشعر بالحزن"، قالت كلارا بابتسامة خجولة، "لكننا نأتي أيضًا عندما نكون سعداء. لأن السماء تتغير دائمًا، وأمي تقول إن هذا يذكرنا بأن لا شيء يدوم إلى الأبد."

نظر ماركوس إلى الأفق، شاعرًا بسلام لم يشعر به من قبل.

"أنتِ محقة يا كلارا. لا شيء يدوم إلى الأبد. لكن لدينا القدرة على تغيير ما نحن عليه... إذا حاولنا."

في تلك الليلة، بينما تجمع الحي حول نار مؤقتة، جلس ماركوس بجانب ماريا وبابلو. الأسرة التي استضافته دون طرح أسئلة، كانت تعتبره الآن جزءًا منهم.

"لقد فكرت كثيرًا في العودة إلى الولايات المتحدة"، قال ماركوس فجأة، قاطعًا الصمت.

رفعت ماريا، التي كانت تخيط، رأسها بفضول.

"وهل ستفعل؟"

هزّ ماركوس رأسه بالنفي.

"لا. لا يمكنني العودة. الأشخاص الذين كانوا يعرفونني هناك... لن يسمحوا لي بذلك. سياسيون، مافيات... الجميع يريدون رؤيتي ميتًا لما أعرفه. هنا، وجدت حياة جديدة. لقد وجدت شيئًا لم أملكه أبدًا من قبل: السلام".

أومأ بابلو الذي كان يستمع باهتمام.

"أحيانًا، إيجاد السلام ليس متعلقًا بمكاننا، بل بمن نختار أن نكون".

ابتسم ماركوس. لم يكن يعتقد يومًا أن شابًا فقيرًا يمكنه قول شيء عميق كهذا.

"أنت محق يا بابلو. كنت أشياء كثيرة في حياتي، لكنني لم أكن يومًا رجلًا حقيقيًا... حتى الآن".

نهض ونظر إلى السماء المليئة بالنجوم. كانت النجوم تلمع بقوة، وكأنها ترشده في طريقه الجديد.

"شكرًا..." همس، بصوت يكاد لا يسمع، "شكرًا لأولئك الذين اختطفوني، شكرًا لكم... لقد جعلتموني رجلًا حقيقيًا".

ومع هذه الكلمات، علم ماركوس أنه قد أغلق دورة من حياته. حياته السابقة كانت مليئة بالبذخ، السلطة، والفساد، لكن حياته الجديدة، رغم تواضعها، كانت مليئة بالمعنى. المنقذ، كما كانوا يلقبونه، وجد شيئًا أثمن بكثير من كل أموال العالم: وجد إنسانيته.

وفي نهاية تلك الليلة، بينما كان الحي ينام وأضواء ليما تلمع بعيدًا، سمح ماركوس رافيلو لنفسه بابتسامة أخيرة قبل أن ينام على سريره المؤقت. كان يعلم

أنه لن يعود إلى الولايات المتحدة، لكنه لم يكن بحاجة لذلك. مكانه كان هنا، في قلوب من ساعدهم على النهوض. ولأول مرة في حياته، كان هذا كافيًا.

تحت نظر مافريك

كانت المفتشة أليسا مافريك تتابع كل خيط يتعلق بقضية سرقة البنك المركزي في نيو أورليانز واختفاء ماركوس، المحتال الشهير الذي خدع الآلاف من الناس في جميع أنحاء العالم. كانت هناك اتصالات لم تفهمها بعد، لكن شيئًا ما في حدسها أخبرها أن فيلادلفيا تخفي إجابات. وصلت مافريك إلى المدينة وقررت بدء تحقيقها في مركز التعليم ساوث بوينت، حيث لفت انتباهها مجموعة من لاعبي كرة السلة الشباب.

عند وصولها، استقبلتها المديرة، سوزان هيل، امرأة في منتصف العمر ترتدي نظارات مستطيلة وتبدو ذات سلطة.

— مفتشة مافريك، إنه لشرف. كيف يمكنني مساعدتك؟ — سألت المديرة بينما أشارت إلى كرسي في مكتبها.

— أنا أحقق في اختفاء ماركوس ربيلو وسرقة البنك المركزي في نيو أورليانز. أعتقد أن بعض طلابك قد يمتلكون معلومات قيمة — قالت مافريك بنبرة جدية.

عبست المديرة، متفاجئة.

— طلابي؟ لكن... لا أستطيع أن أتخيل كيف يمكن أن يكونوا مرتبطين بشيء كهذا.

— أود استجواب فريق كرة السلة ومدربهم. هناك اثنا عشر لاعبًا، بالإضافة إلى أخصائي العلاج ومدربهم. ربما رأوا أو سمعوا شيئًا في الأشهر الماضية — أصرت مافريك، وهي تخرج دفتر ملاحظاتها.

وافقت المديرة، وفي غضون دقائق، كانت مافريك أمام الفريق بأكمله في صالة الألعاب الرياضية. نظر إليها اللاعبون بحذر، لكن موقفهم بدا مسترخيًا. بدأ الاستجواب واحدًا تلو الآخر.

— سألت — من كانوا المشجعين الذين حضروا أكبر مبارياتكم؟

مافريك ليو، أحد أكثر الفتيان رياضية.

— أحيانًا كان الحقيقة أن لدينا مزيجًا مثيرًا للاهتمام من الناس. يأتي موظفو المركز، وأصدقاء وعائلات... لكن أيضًا ظهرت بعض الوجوه الجديدة. لا شيء غير عادي — أجاب ليو، متظاهراً بالابتسامة.

غيرت مافريك أسلوبها، متوجهة إلى لوكا، العاقل في المجموعة.

— وماذا عن الأمن خلال المباريات؟ هل لاحظت أي شيء غير عادي، مثل أشخاص لا ينتمون إلى المكان؟

أنكر لوكا، بنظرة هادئة لكن محسوبة.

— لا، مفتشة. كل شيء كان يسير بشكل طبيعي. إذا كان هناك شخص غريب هناك، فلم نلاحظه — أجاب بهدوء.

دوّنت مافريك بعض الملاحظات، لكنها لم تستطع منع شعورها بأن هؤلاء الفتيان يخفون شيئًا. ومع ذلك، لم يكن هناك دليل ملموس. بعد طرح عدة أسئلة أخرى، قررت المغادرة.

— حسنًا، شكرًا لوقتكم. إذا خطر ببالكم شيء، لا تترددوا في الاتصال بي — قالت مافريك، وهي تحدق فيهم بصرامة.

عندما خرجت مافريك من صالة الألعاب الرياضية، بقي الفريق صامتًا لبضع لحظات. كان كاي، الهادئ في المجموعة، أول من يتحدث.

— يجب أن نجتمع في الملعب، الآن.

توجه الأولاد إلى المكان الذي شعروا فيه دائمًا بالأمان. بدأ الغروب يحمر السماء بلون برتقالي عميق. بمجرد أن كانوا جميعًا في وسط الملعب، أخذ كاي الكلمة.

— لا يمكننا السماح لهذا أن يدمرنا. نعلم ما فعلناه، وفعلناه من أجل الناس الذين في أمس الحاجة إليه. لكن اعتبارًا من اليوم، لا يجب على أحد ذكر أي شيء مما حدث — قال، بهدوء يطمئن الآخرين.

تدخل أمادو، دائم الوساطة:

— نحن في هذا معًا، ويجب أن نحمى أنفسنا. ربما يجب أن نفكر في لغة بديلة للحديث عن مواضيع حساسة معينة، في حال كنا تحت المراقبة أو تم استجوابنا مرة أخرى — اقترح، وهو ينظر إلى رفاقه.

ابتسم مالك وأضاف:

— يمكننا أن نستخدم أسماء حركات كرة السلة. كما لو كنا نتحدث عن استراتيجيات المباراة، لكن في الحقيقة نتحدث عن... تعرفون، أمور أكثر جدية — قال، مما أثار ضحكات عصبية من المجموعة.

— أحب ذلك — قال تاهو، المغامر في المجموعة —. هكذا لن يشك أحد في شيء. إنه ذكي.

تقدم ليو، الرياضي.

— بالإضافة إلى ذلك، لقد حصلت جميع الأسر المتضررة من الإعصار على ما تم سرقته. وصل المال عبر طرق... مثيرة للاهتمام — قال، وهو يبتسم ابتسامة ماكرة.

ضحك لوكا بين أسنانه.

— نعم، تلقت بعض الأسر المال مخفيًا في صناديق بيتزا، وآخرون عبر توصيلات الوجبات السريعة، وواحد حتى وجده في طرد ملابس رياضية. يجب أن نعترف، لقد تفوقنا على أنفسنا — قال، مما أثار ضحك الآخرين.

— المشكلة هي الآن أننا يجب أن نبقى هادئين لبعض الوقت. الشرطة تقترب أكثر، ولا يمكننا أن نعرض أنفسنا للخطر. نحتاج إلى استراحة — أقر كاي.

وفي تلك اللحظة، قال الجميع معًا:
"لنتمسك بقوة. التغيير قادم. استريحوا، لكن كونوا جاهزين"
نظر الأولاد إلى هواتفهم
وأومأ كاي.

— ختم — لا يمكننا فعل المزيد الآن. حان الوقت لأخذ استراحة.

مع وجود الخطة واضحة، قرر فريق كرة السلة أنه حان الوقت للاسترخاء والاستمتاع ببضعة أسابيع دون عمل. لكن في أعماقهم، كانوا يعلمون أن هذه الاستراحة كانت مؤقتة فقط. لم تنتهِ مهمة تغيير العالم بعد.

في هذه الأثناء، في مكان آخر في المدينة، كانت مافريك تراقب منشورًا على الطاولة في مقهى حيث كانت جالسة مع أحد مساعديها، صموئيل هاربر. كان المنشور يعلن عن مباراة كرة سلة بين فيلادلفيا ونيويورك.

— غريب... كلما حققنا في قضية كبيرة، تكون هناك مباراة كرة سلة في الأفق — تنهدت مافريك.

— هل تعتقدين أن هناك صلة؟ — سأل هاربر، برفع حاجبه.

— لا زلت لا أعلم، لكن شيئًا ما يخبرني أن هؤلاء الفتيان ليسوا ببراءة كما يبدو. ابقِ عينيك مفتوحتين، صموئيل — قالت مافريك بينما كانت تأخذ رشفة من قهوتها.

في تلك اللحظة، كانت سحابة داكنة من عدم اليقين تبدأ في التكون فوق فريق كرة السلة. هل يمكنهم البقاء خطوة متقدمة على مافريك؟

النهائي الكبير

كانت الشمس تسطع بشدة فوق فيلادلفيا، وفي مركز التعليم ساوث بوينت، كان الأولاد على وشك لعب المباراة الأكثر أهمية في حياتهم. بعد أشهر من التدريب، والضغط، والأسرار المدفونة تحت السطح، لم يكن اليوم يتعلق بالسرقات أو القضايا العادلة، بل بكرة السلة. هذه المرة، كانت مواجهتهم الأخيرة ضد المركز الطلابي في نيويورك، وكان كلا الفريقين متساويين في الجدول.

كان الصالة الرياضية مليئة بالمشجعين. كانت المدرجات تهتز بصيحات الدعم من الأصدقاء والعائلات، وصدى الكرات يرتد على الملعب كان يتردد في كل مكان. كان الأولاد هادئين، لكن حماس النهائي كان محسوسًا في الهواء كان كاي، مركز الفريق الهادئ، يتنفس بعمق قبل أن يبدأ. كانت حركته شبه طقوسية، تركيزه منصب على المباراة.

يا أولاد، اليوم هو يومنا. لقد عملنا بجد، سواء في الملعب أو —
خارجه. دعونا نستمتع بهذه اللحظة — قال كاي، بينما نظر إلى
زملائه.

أومأ لوكا، دائمًا الاستراتيجي.

— عندما تتغلق دفاعاتهم، "Z" أنتم تعرفون التحركات. سنطبق —
وسنستخدم "الدوامة" إذا حاولوا الضغط على القاعدة. الهدف هو
إرباكهم وجعلهم يرتكبون الأخطاء — شرح، مشيرًا إلى لوحة
التكتيك.

ذكر أمادو، بنبرته الدافئة، الجميع:

— اليوم لا نلعب فقط من أجل البطولة، بل من أجل أنفسنا. كلما —
لمسنا الكرة، وكلما سجلنا، نثبت من نحن. دعونا نستمتع باللحظة!

دخل المدرب بيل كارتر، الذي قاد الأولاد طوال الموسم، إلى غرفة تغيير
الملابس مبتسمًا.

— نعرف ما يجب علينا فعله. دعونا نثق في لعبنا، ونثق في أنفسنا. —
اخرجوا إلى هناك وأظهروا ما تملكونه! — صرخ بحماس.

عندما خرج الفريق إلى الملعب، ازدادت الأجواء كثافة. كانت الأضواء
تتلألأ فوق رؤوسهم، وصدى التصفيق كان مدويًا. بدأت المباراة بطاقة محمومة.
فاز ليو، الأكثر رياضية، بالقفزة الأولى، مما منح الفريق السيطرة الأولى على
الكرة.

تطورت اللعبة بسرعة، حيث كان كلا الفريقين يتصارعان بشراسة من أجل
كل نقطة. نفذ مالك، المتفائل في المجموعة، حركة رائعة بتمريرة خلف الظهر التي
أدهشت المشاهدين، بينما سجل تاهو بسلة مثالية

هذا هو، يا أولاد! دعونا نستمر بهذا الشكل! — صرخ ليو، وهو — يركض للدفاع مرة أخرى.

كان لوكا يدير إيقاع اللعبة من خط الثلاث نقاط، موزعًا تمريرات دقيقة ويجد الفجوات في دفاع نيويورك. استمر التعادل في اللوحة، وزادت التوترات مع مرور كل دقيقة.

في هذه الأثناء، في مكان آخر في المدينة، كانت المفتشة ألكسندرا مافريك محبوسة في مكتبها تراجع كميات هائلة من التقارير والتسجيلات في الأسابيع الأخيرة. بعد شهر من التنصت ومتابعة المشاغبين في فريق فيلادلفيا، لم تجد أي اتصال قوي بقضية سرقة البنك المركزي ولا باختفاء ماركوس.

هذا محبط، صموئيل. ليس لدينا شيء... — قالت مافريك، وهي — تلقي قلمها على المكتب.

كان مساعدها، صموئيل هاربر، ينظر إلى شاشة الكمبيوتر بتعب.

لا شيء على الإطلاق. لا في الحسابات المصرفية، ولا في — تحركات عائلات اللاعبين. كل شيء نظيف — رد، وهو يفرك عينيه.

تذكرت مافريك تفصيلًا كانت قد تجاهلته.

في اختفاء ماركوس، قال عدة شهود إن المختطفين بدوا كأنهم — ممثلون في فيلم. ربما يجب أن نتحقق من موظفي البنك وموظفي شركة ماركوس. قد يكون أحدهم مرتبطًا... أو كان شريكًا — قالت، بينما نهضت من كرسيها.

حسنًا، سأبدأ في إجراء المكالمات — رد هاربر، بينما أخذ — الهاتف.

بالعودة إلى المباراة، كانت الوقت يجري بسرعة. تبقى 30 ثانية فقط على اللوحة، وكان فريق فيلادلفيا متأخرًا بنقطة واحدة. كل شيء يعتمد على الحركة الأخيرة. دعا المدرب كارتر إلى وقت مستقطع.

— حسنًا، يا أولاد. هذه هي الحركة النهائية. كاي، أحتاجك لتأمين مركزهم. ليو، عليك أن تتحرك إلى المحيط، وسيرسل لك لوكا الكرة عندما نرى فجوة. أمادو، ابق قريبًا لأي ارتداد — شرح بسرعة، بينما كان يرسم الاستراتيجية على اللوحة.

— لدينا الأمر. مجرد حركة واحدة أخرى — قال كاي بهدوء، بينما وضع يده في الوسط، تبعه الآخرون.

— متماسكون! — صرخ الجميع في انسجام.

كان الملعب في صمت بينما اصطف اللاعبون. أطلق الحكم صافرة، وتم تمرير الكرة إلى لوكا. بدقة، اتبع الخطة. حاول فريق نيويورك حجب كاي، لكن قوته وتقنيته أبقته ثابتًا. أرسل لوكا تمريرة سريعة إلى ليو، الذي كان على خط الثلاث نقاط. تنفس ليو بعمق وأطلق النار.

كانت الكرة تدور في الهواء، كل ثانية بدت أبدية. صدمت الحافة، ارتدت... ودخلت.

— نعم! — صرخ الأولاد معًا بينما تغيرت اللوحة. فاز فريق فيلادلفيا بنقطة.

انفجرت المدرجات بالتصفيق. كانت عائلات اللاعبين، التي لم تكن تعرف شيئًا عن الأنشطة السرية للأولاد، فخورة برؤية أبنائهم كفائزين في كرة السلة وفي الحياة. أثبتوا أنهم يستطيعون النجاح في ما يسعون إليه، وقد فعلوا ذلك بدعم غير مشروط من أحبائهم.

عانقت سوزان هيل، المديرة، المدرب بيل.

مباراة مذهلة! هؤلاء الأولاد هم الأفضل، ليس فقط كلاعبين، بل —
كأشخاص — قالت بابتسامة كبيرة.

في تلك الأثناء، في الملعب، كان الأولاد يحتضنون بعضهم البعض،
مستمتعين بالانتصار.

لقد فعلناها، يا أولاد. لقد فزنا — قال مالك، وهو يضحك ويعانق —
ليو.

نظر كاي، بهدوئه المعتاد، إلى المجموعة وقال:

هذه مجرد البداية. كرة السلة هي شغفنا، لكنها أيضًا وسيلتنا لفعل —
شيء أكبر. اليوم فزنا هنا، لكن هدفنا الحقيقي لا يزال مستمرًا: عالم
بلا حدود.

أومأ الآخرون، وهم يعلمون أنه على الرغم من أن كرة السلة قد منحتهم
لحظات عظيمة، لا يزال هناك الكثير للقيام به خارج الملعب. لكن في الوقت
الحالي، سيستمتعون بانتصارهم، وهم يعلمون أنهم قد خطوا خطوة أخرى نحو
مهمتهم في تغيير العالم.
بينما كان الأولاد يحتفلون، بعيدا عن هناك، كانت مافريك تتلقى مكالمة قد
تغير مسار تحقيقها.

الفصل 25: المكالمة والتأمل

وصلت المكالمة بينما كانت مافريك تراجع ملاحظاتها. كان صوتًا عميقًا ومرتجفًا، مشوشًا بنوع من التداخل المتعمد. لم يكن هناك أي تعريف، فقط رسالة واضحة ومهددة:

"اتركي القضية. انظري في اتجاه آخر. أنتِ تتجاوزين حدودًا لن تفهميها أبدًا".

بقيت مافريك صامتة لبضع ثوانٍ، مما سمح لصدى الكلمات بالارتداد في ذهنها. ما الذي قد يكون كبيرًا وخطيرًا لهذه الدرجة؟ ولماذا الآن، عندما بدا أن كل شيء كان هادئًا؟ استمر الصوت:

"لا أريد تكرار ذلك. أنتِ تتدخلين في أمور ستكلفكِ حياتكِ... وليس حياتكِ وحدها".

بعد إنهاء المكالمة، شعرت أن هناك شيئًا غير صحيح. تلك التحذيرات، ذلك النبرة. كان ذلك ماركوس، الشخص المفقود، دائمًا محاطًا بأمور مشبوهة. كانت غريزتها تقول لها أن هذه المرة الأمور كانت أكثر جدية من المعتاد.

في تلك الفترة، كان الشباب، أولئك الذين كانوا يومًا ما يحلمون بتغيير العالم من الظلال، على وشك عبور عتبة جديدة في حياتهم. انتهت سلسلة السرقات والملاحقات بفاصل طويل. كانوا الآن على وشك دخول الجامعة، كل واحد منهم على طريقه الخاص: التكنولوجيا، القانون، التكنولوجيا الحيوية، إدارة الأعمال. لكن كان هناك شيء آخر يشغلهم.

في إحدى الأمسيات، بينما كانوا مجتمعين في زاويتهم المعتادة في الحديقة، أخذت المحادثة منعطفًا غير متوقع.

"هل سمعتم عن ذلك اليوتيوبر؟" سأل ليو، الذي كان دائمًا على اطلاع بأحدث الصيحات. "ذلك الشاب الذي عندما كان مراهقًا نجح في إنشاء مئة بئر ماء صالح للشرب في قرية منسية في العالم"

"نعم، أعرفه" ردَّ أمادو. "ليس تابعًا لأي منظمة غير حكومية، لقد فعلها بنفسه، بوسائله الخاصة وبمساعدة مجتمع الإنترنت الذي دعمه"

كيف يكون ذلك ممكنًا؟" قاطع تاو، الأكثر تشككًا في المجموعة. "مئة بئر"
بدون دعم منظمة؟ المنظمات غير الحكومية لديها هياكليات ضخمة مخصصة
لهذا، ومع ذلك نادرًا ما تكون النتائج فعالة".

في تلك اللحظة، تلاقت النظرات. عاشوا بما يكفي ليعرفوا أن المثالية غالبًا ما
تكون واجهة، والواقع أكثر قسوة مما كان يُتوقع.

هذا ما كان يزعجني دائمًا في المنظمات غير الحكومية" قال كاي، المحامي"
المستقبلي. "هياكليات ضخمة، أقسام للعلاقات العامة، حفلات راقية... وكم من
الأموال التي يتم التبرع بها تصل حقًا إلى من يحتاجونها؟ يبدو أن كل شيء يبقى
في الأوراق والبيروقراطية".

إنه موضوع حساس" أضاف لوكا، الذي كان دائمًا الأكثر تأملاً. "لا يمكننا"
إنكار أن العديد من المنظمات تساعد، ولكن من الصحيح أيضًا أن النظام فاسد
في بعض الجوانب. هناك الكثير من الأيادي في العملية. تتبرع لتساعد، ولكن في
النهاية، كم من هذا المال يصل حقًا إلى الأرض التي تحتاج إلى السقاية؟".

ساد لحظة من الصمت، انكسر فقط بالهمسات البعيدة للرياح بين الأشجار.
كانوا يعلمون جميعًا أنهم في نقطة حاسمة في حياتهم. كانوا قد تخلوا عن الطريق
الإجرامي، لكنهم ما زالوا يبحثون عن هدف أكبر، شيئًا يتجاوز الحدود.

ذلك الشخص مختلف" واصل ليو. "لم ينتظر حتى تدعمه منظمة أو حتى"
يعترف به العالم. فعلها ببساطة. وهذا، بالنسبة لي، أكثر إلهامًا من أي منظمة غير
حكومية".

إذًا، ما الذي يمكننا تعلمه منه؟" سأل تاو. "هل نحن مشروطون لدرجة أننا"
نعتمد على الهياكل الكبيرة لدرجة أننا ننسى أن التغيير يمكن أن يأتي من شيء
صغير، من شخص واحد فقط؟".

ربما هذا هو ما يجب أن نفعله الآن" تدخل مالك. "بدلاً من الاعتماد على أن"
يحل شخص آخر المشاكل، علينا أن نكون نحن من يجد الطريق. لسنا بحاجة أن
نكون جزءًا من منظمة لتغيير العالم".

أومأ كاي برأسه، متأملًا.

للمنظمات غير الحكومية دورها، لكنها لا يمكن أن تكون الوسيلة الوحيدة."

إذا كان شخص مثل ذلك اليوتيوبر قد تمكن من تحقيق شيء عظيم كهذا، فما الذي لا يمكننا تحقيقه نحن، الآن ونحن على وشك بدء مساراتنا المهنية؟ التكنولوجيا، القانون، التكنولوجيا الحيوية، الإدارة... كل واحدة من هذه المجالات لديها القدرة على تغيير الحياة إذا عرفنا كيف نستخدمها".

تركت الفكرة معلقة. لم يعودوا نفس الأولاد الذين اعتقدوا يومًا أن الطريقة الوحيدة لتحقيق العدالة هي تجاوز القوانين. لقد كبروا، وتعلموا. والآن، أمام شخصية ذلك اليوتيوبر الذي حقق المستحيل في شبابه، أدركوا أن التغيير الحقيقي لا يحتاج إلى هيكليات ضخمة أو ميزانيات ضخمة.

الأمر لا يتعلق بكم المال الذي تجمعه أو كم عدد الأشخاص الذين يتابعونك" قال لوكا، بصوت خافت ولكن ثابت. "يتعلق بمدى استعدادك للعمل بنفسك. وهذا، أصدقائي، هو ما يميز الثوار الحقيقيين".

كان هؤلاء الشباب على وشك مواجهة تحديات تتجاوز فصول الجامعات. المسارات الجديدة التي اختاروها لن تكون سهلة، لكن لأول مرة منذ وقت طويل، شعروا أنهم في الاتجاه الصحيح.

الفصل 26: معلم في الظلال

بعد أشهر من المغامرات، ومع انتهاء دراستهم وموسم كرة السلة، قرر الأصدقاء الستة أن يأخذوا أسبوعًا للقيام بشيء مختلف. كان كاي، ليو، مالك، أمادو، تاهو، ولوك قد سمعوا عن شاب على اليوتيوب غيّر حياة مجتمع بأكمله ببناء مئة بئر ماء في قرية صغيرة في إفريقيا. كان اسمه على المنصة "فري فلو"، وقصته كانت مصدر إلهام لهم منذ فترة طويلة.

"هل تصدقون أنه فعل ذلك بمفرده؟" سأل مالك بينما كانوا يشاهدون فيديو يشرح فيه فري فلو كيف بدأ مشروعه.

"لم يفعل ذلك بمفرده، لقد كان لديه مجتمع يدعمه" قال لوك، "لكن ما هو مدهش أنه لم يحتج إلى منظمة غير حكومية كبيرة أو ملايين من التمويل. فقط إرادة تغيير شيء ما".

قرروا السفر للقاء فري فلو شخصيًا. بعد بعض الرسائل الإلكترونية ورسالة مباشرة على وسائل التواصل، تمكنوا من ترتيب أسبوع لزيارته. كان فري فلو، واسمه الحقيقي أوين فورد، يعيش في منزل بسيط على أطراف بلدة ساحلية صغيرة في كاليفورنيا، بعيدًا عن صخب الحياة الحديثة.

عندما وصلوا، استقبلهم أوين بابتسامة صادقة.

"إنه لشرف لي أن ألتقي بكم. لقد سمعت عنكم أيضًا. ليس عن مغامراتكم بالطبع، ولكن عن حماسكم لتغيير الأشياء." قال بينما يصافحهم.

أمادو، الذي كان أول من يتحدث، طرح سؤالًا مباشرًا:

"كيف فعلت كل هذا دون منظمة تدعمك أو تمويل كبير من شركات كبرى أو حكومات؟"

ضحك أوين، لكن ضحكته كانت تحمل عمقًا أكبر.

"لم يكن الأمر سهلًا، هذا مؤكد. المنظمات غير الحكومية، الشركات، والحكومات لديها مصالحها الخاصة. يُفترض أن تساعد، لكن الحقيقة أن المال والسلطة يفسدان النوايا الطيبة. لم أكن أريد أن أكون جزءًا من ذلك."

أضاف كاي، الباحث دائمًا عن التوازن:

"لكن من الصعب أن نصدق أن ليس لهم أي فضل. ألا توجد منظمات تساعد فعليًا؟"

اتكأ أوين على كرسي قديم في شرفة منزله، ناظرًا إلى الأفق.

"بالتأكيد هناك نوايا طيبة، لكن النظام مكسور. الأموال تضيع في البيروقراطية، والسياسيون يستخدمون المساعدات كعملة لمصالحهم الخاصة، والشركات ترى التبرعات كفرص تسويقية. بدلاً من المساعدة الحقيقية، يصبح الأمر لعبة لرؤية من يستطيع الحصول على أكبر فائدة."

تدخل ليو، الأكثر واقعية:

"إذن، ما الذي تقترحه علينا أن نفعله؟ أن ننسى المنظمات غير الحكومية والحكومات والشركات ونقوم بالأشياء بأنفسنا؟"

هز أوين رأسه.

"هذا ما فعلته أنا. بحثت عن طريقة لأبدأ صغيرة، دون الاعتماد على أحد آخر. المشكلة أن الناس لا يثقون في التغييرات الصغيرة. يريدون حلولاً سحرية، سريعة، تأتي من فوق. لكن التغيير الحقيقي يأتي من الأسفل، من المجتمع."

إنه مثل كرة السلة، أليس كذلك؟" قال ليو بابتسامة، "لا يمكنك أن تتوقع" الفوز بالمباراة إذا اعتمدت فقط على المدرب. على الفريق أن يعمل معًا، وعلى كل شخص أن يساهم".

طرح لوك، الذي دائمًا ما يفكر أبعد، سؤالًا أعمق: "إذن، لماذا لا يوجد حرية تنقل للأشخاص في العالم؟ لماذا هذا العدد الكبير من الحدود؟ إذا كنا نريد أن نساعد حقًا، ألا ينبغي أن نكون قادرين على التحرك بحرية؟"

بقي أوين صامتًا للحظة، ثم تنهد.

"هذا هو السؤال الحقيقي، أليس كذلك؟ الحدود... هي حواجز وضعتها الحكومات للحفاظ على السيطرة. يُقال إنها موجودة لحمايتنا، ولكن في الحقيقة، إنها تفصل بين الناس وتجعلنا نشك في بعضنا البعض. الحدود موجودة لأن أولئك الذين في السلطة يخشون فقدانها. وبينما توجد الحدود، بينما توجد الجدران بيننا، سيكون من المستحيل أن نرى بعضنا كإنسانية واحدة".

أمادو، الذي كان قلبه دائمًا في التعاطف، أضاف: "من المحزن أن الأشخاص الأكثر ضعفًا لا يمكنهم الهروب من الفقر أو الحرب لأنهم لا يملكون الوصول إلى أماكن أخرى. وأولئك الذين لديهم الموارد غير مستعدين للمشاركة. يبدو أننا نسينا أننا جميعًا بشر، وأن لدينا جميعًا نفس الاحتياجات".

هز أوين رأسه مرة أخرى.

لهذا فعلت ما فعلته. كنت أعلم أنني لا أستطيع تغيير العالم بأكمله، ولكن" يمكنني تغيير عالم مجتمع صغير. وفعلت ذلك. ليس لأنني كنت أتوقع أن تقوم "الحكومات بذلك، ولكن لأنني كنت أعلم أن لا أحد آخر سيفعل ذلك

تأمل كاي بصوت عالٍ.

ربما هذا هو ما يجب أن نفعله. بدلاً من أن ننتظر أن تحل المؤسسات الكبرى" مشاكل العالم، يجب علينا أن نبدأ بإجراء تغييرات صغيرة. ليس بالضرورة أن يكون شيئًا كبيرًا مثل بناء آبار، ولكن إذا ساهم كل واحد منا بطريقته، فيمكننا إنشاء "شبكة من التغييرات التي تتوسع

ابتسم تاهو، المغامر في المجموعة.

أحب هذه الفكرة. البدء من الأصغر، ورؤية كيف ينمو. ربما، بمرور الوقت،" "يمكننا هدم الحدود... ليس بالعنف أو الاحتجاجات، بل بأفعال التضامن والتعاطف

بقيت المجموعة في صمت، يفكرون في كلمات تاهو. نهض أوين، وهو يراهم بهذا الالتزام.

يبدو أنكم تعلمتم أكثر مما كنتم تتوقعون في هذه الرحلة." قال بابتسامة." العالم يحتاج إلى المزيد من الأشخاص مثلكم، الذين لا يتحدثون فقط عن تغيير" "الأشياء، بل يفعلونها.

ونحن أيضًا نحتاج إلى المزيد من الأشخاص مثلك" رد ليو، "أشخاص لا "يخشون التصرف دون انتظار أن يفعل الآخرون ذلك أولاً

بدأت الشمس تغرب في الأفق، واستمرت المحادثة لساعات. تحدث أوين عن خططه المستقبلية، وعن رغبته في توسيع مشروعه ليشمل مجتمعات أخرى، وعن الحاجة إلى عقلية عالمية جديدة ليكون التغيير مستدامًا.

في نهاية الأسبوع، عندما ودع الأصدقاء الستة أوين، كانوا يعلمون أن شيئًا ما قد تغير داخلهم. لم يعودوا مجرد مجموعة من الأصدقاء الذين يلعبون كرة السلة ويواجهون التحديات الكبرى. الآن فهموا أن التغيير الحقيقي يبدأ بأفعال صغيرة، وأن مهمتهم من أجل عالم بلا حدود يجب أن تبدأ من أنفسهم.

27: السلفادور الساقط

ماركوس ريفيلو كان يسير في شوارع ليما، بيرو المغبرة، المعروف الآن باسم "السلفادور". لقد ترك ماضيه كاحتيالي ومجرم خلفه ليتفرغ لمساعدة أفقر الناس في المدينة. لم يعد ذلك الرجل الذي سرق ملايين الدولارات، بل أصبح شخصًا وجد مهمة جديدة بعد سنوات من الندم: رد شيء للمجتمع، على الرغم من علمه أنه لن يتمكن أبدًا من إصلاح كل الأذى الذي تسبب به.

اكتسب احترام الناس البسطاء من حوله. بماله المتبقي، أسس برامج مساعدة، ومول منازل جاهزة وأعمالاً صغيرة للعائلات الأكثر حاجة. لكنه كان يعلم أن ماضيه سيلاحقه، كظل لا يختفي أبداً.

في صباح أحد الأيام، بينما كان يشرب قهوته في مطعم صغير مجتمعي، تلقى مكالمة غير متوقعة. الصوت على الجانب الآخر من الخط جعله يرتجف:

لقد وجدوك، ماركوس. العصابات تعرف مكانك.

شعر ماركوس بقشعريرة تتسلل إلى عموده الفقري. كان يعلم أن هذا سيحدث عاجلاً أو آجلاً، لكنه أراد أن يصدق أنه قد يهرب من عواقب أفعاله الماضية.

دون إضاعة الوقت، قرر الاتصال بالشخص الوحيد الذي يمكنه مساعدته: المفتشة مافريك. كان يعلم أنها كانت تحقق في اختفائه، وعلى الرغم من أنها كانت تعتبره مذنباً في وقت ما، إلا أنها الآن قد تفهم أنه قد تغير.

أخذ هاتفه، وطلب الرقم وانتظر.

مافريك، أجابت بصوت حازم.

أنا ماركوس. أحتاج مساعدتك.

كان هناك صمت طويل ومحرج.

أين أنت؟، سألت مافريك بنبرة جادة.

في ليما، لكنهم وجدوني. العصابات... تعرف أين أنا. أحتاج إلى حماية.

ترددت مافريك لثانية، لكنها أجابت:
سأكون هناك في أسرع وقت. لا تتحرك.

أغلق ماركوس الهاتف وشعر بمزيج من الراحة واليأس. كان يعلم أن الشرطة الأمريكية لن يكون لها تأثير كبير في بيرو، لكن على الأقل مافريك كانت شخصًا يمكنه الوثوق به.

الهجوم

على الرغم من التحذير، لم يستطع ماركوس الهروب. في تلك الليلة نفسها، بينما كان يحاول الاحتماء في منزل آمن، تعرض لكمين. اقتحمت مجموعة من المسلحين مخبأه. دوت الطلقات في الشوارع الضيقة، وسقط ماركوس، مصاباً بجروح خطيرة، على الأرض ينزف.

وسط الفوضى، وصلت مافريك في الوقت المناسب تمامًا لتشهد الهجوم. ركضت نحو ماركوس، محاولة وقف النزيف، بينما انسحب القتلة، وهم يعلمون أنهم قد أكملوا مهمتهم.

تمسك، ماركوس، المسعفون في طريقهم، قالت مافريك، محاولةً الحفاظ على هدوئها.

كان ماركوس يتنفس بصعوبة، وبصوت منخفض، همس:
الأخوية... ساعد.

تجعدت جبين مافريك، مشوشة.
ماذا تقصد؟ أي أخوية؟

الأولاد... بلا حدود. هم... ـ سعل ماركوس، واهتز جسده من الألم ـ هم يغيرون... العالم... لا ... تتركيهم يسقطون.

وبهذه الكلمات الأخيرة، أغمض ماركوس عينيه، وتوقفت أنفاسه ببطء. بقيت مافريك واقفة في مكانها للحظة، تستوعب ثقل ما حدث للتو.

تفكير مافريك

في طريق عودتها إلى نيويورك، لم تستطع مافريك التوقف عن التفكير في ما حدث. كانت قضية ماركوس ريفيلو هي الأصعب في مسيرتها. على مر السنين، شاهدت مجرمين نادمين، لكن لم تر شيئاً مثل ما شهدته في ليما.

جالسة في مكتبها، تأملت كيف أن رجلاً تسبب في الكثير من الضرر، وترك الآلاف بلا مال أو أمل، قد انتهى به المطاف بالمخاطرة بحياته من أجل أفقر الناس. ماذا حدث بداخله ليحدث مثل هذا التغيير؟ هل من الممكن حقًا أن يخلص رجل مثل ماركوس نفسه؟

يبدو أن لا أحد تماماً سيء أو جيد، همست لنفسها. الخط الفاصل بين الخير والشر أرق مما نعتقد.

ما أزعجها أكثر هو الرسالة التي تركها ماركوس قبل وفاته. ما هي تلك "الأخوية"؟ كانت تتذكر بشكل غامض أنها سمعت هذا الاسم من قبل، مرتبطًا بشباب تم التحقيق فيهم بسبب أنشطة غير عادية. ربما هناك شيء أكبر على المحك، شيء لم تفهمه بعد تماماً.

وقفت مافريك ونظرت من نافذة مكتبها، كانت أضواء نيويورك تلمع كنجوم بعيدة. كانت تعلم أن الأمر لن يكون سهلاً، لكنها كانت مصممة على كشف الحقيقة العصابات والتهديد الحقيقي

في الوقت نفسه، في مكان ما في أمريكا الجنوبية، عادت فرقة العصابات التي أرسلت لتصفية ماركوس مع كشف مقلق. كانوا قد أنجزوا مهمتهم، لكن لم تسر الأمور كما توقعوا.

هل تم تصفيته؟، سأل رئيس المنظمة، رجل معروف بقسوته ودقته.

نعم، سيدي، أجاب أحد القتلة، لكن... هناك شيء لا يتطابق.

ما الذي لا يتطابق؟

تردد الرجل للحظة قبل أن يواصل.

ماركوس لم يكشف عن مكان الأموال. على الرغم من كل شيء، لم ينطق بكلمة. والأسوأ... ذكر شيئًا قبل وفاته. شيء عن أخوية.

جعد الرئيس جبينه.

أخوية؟

نعم، سيدي. لا نعرف الكثير، لكننا نعتقد أنه قد تكون هناك منظمة أكثر خطورة وراء كل هذا. شيء قد يعمل في الظلال، يحرك الخيوط. لا يمكننا أن نكون متأكدين، لكن ماركوس بدا وكأنه يخشاهم أكثر منا.

ظل الرئيس صامتًا، معالجاً المعلومات. إذا كان ما يقوله رجاله صحيحًا، فهناك شيء أكبر من منظمته الخاصة يتحرك وراء الكواليس.

ابحثوا عن تلك الأخوية، أمر أخيراً. وتأكدوا من أنهم لا يمثلون تهديداً لنا.

إرث ماركوس

في الوقت نفسه، كانت مافريك تعلم أن القضية لم تنته بعد. ترك ماركوس فراغًا، لكنه ترك أيضًا إرثًا. على الرغم من أنه كان مسؤولًا عن الكثير من المعاناة، كان آخر عمل له عمل خير. لقد حاول أن يكفر عن ذنوبه، وبطريقة ما، نجح في ذلك.

الآن، أصبحت المفتشة لديها مهمة جديدة. اكتشاف من هم هؤلاء "الأولاد بلا حدود" وما هو الدور الذي يلعبونه في كل هذا. ربما، وربما فقط، يكونون هم المفتاح لكشف اللغز الذي تركه ماركوس خلفه.

الفصل 28: تحدٍ عالمي جديد

كان العام 2057. تغير العالم كثيرًا في العقود الأخيرة. تقدمت التكنولوجيا بخطوات هائلة، وكانت مستويات التلوث في أدنى مستوياتها منذ سنوات، وسيطرت مصادر الطاقة المستدامة على المشهد العالمي. ومع ذلك، لا تزال هناك العديد من المشاكل التي تحتاج إلى حل؛ فاللامساواة الاقتصادية لا تزال قائمة، والحدود ما زالت تقسم الأمم، والعدالة الاجتماعية لا تزال مثالاً يجب الكفاح من أجله.

بالنسبة لكاي وأمادو ولوكا وليو وتاهو ومالك، لم يُقَس النجاح بعروض NBA. اللعب في الـ الجامعية، لكن مهمتهم في الحياة كانت مختلفة. أرادوا تغيير العالم، ليس فقط من خلال كرة السلة، بل بالمساعدة في بناء مجتمع أكثر عدلاً ومساواة.

في إحدى الأمسيات، بينما كانوا مجتمعين في ملعب كرة السلة المعتاد، تلقى العالم خبرًا أصابهم بالذهول. ظهرت على جميع الشاشات صورة لرجل أعمال شهير، غابرييل ستوكس، المعروف بمشاريعه الطموحة ورغبته في توحيد الناس عبر الرياضة.

قال ستوكس بابتسامة راضية: "سيداتي وسادتي، يسعدني أن أعلن عن أول بطولة عالمية لكرة السلة الحرة. لن تكون هذه البطولة مجرد بطولة عادية. ستكون القواعد فريدة ومفتوحة للجميع. يمكن لأي فريق من العالم المشاركة، بشرط أن يكون اللاعبون فوق 18 عامًا. يمكن أن تكون الفرق مختلطة، مكونة من رجال ونساء، ويجب أن تضم 12 لاعبًا، بما فيهم الاحتياطيون. سيفوز الفريق الأول بمبلغ 100 مليون دولار، وهناك جوائز أخرى لأول 10 فرق متصدرة".

تبادل الأولاد نظرات مفاجئة.

سأل مالك: "ما رأيك، كاي؟ هل هذا شيء يناسبنا؟"

أجاب كاي، وعينيه مثبتة على الشاشة: "لم أسمع بعد الأفضل".

واصل ستوكس شرح القواعد. لن تكون هناك مباريات إقصائية في المرحلة الأولى. بدلاً من ذلك، سيتعين على اللاعبين إثبات مهارتهم في تحدٍ فريد؛ التسديد من خط يبلغ طوله 12 مترًا، وسيتم تأهيل أفضل 50 فريقًا من كل قارة لدوري تمهيدي. وستصل أفضل 10 فرق من كل قارة إلى النهائيات العالمية.

قال ليو بحماس: "هل سمعتم ذلك؟ إنه تحدٍ عالمي، ليس مجرد بطولة عادية!"

ابتسم لوكا وهو يستلقي على المقعد.

"إنها فرصة لنعرض للعالم ما يمكننا القيام به NBA. هذا أكبر بكثير من الـ".

تدخل تاهو، الذي كان دائمًا الأكثر تأملًا.

"نعم، لكنه أمر... غريب، أليس كذلك؟ أن يتم التصنيف من خلال التسديد. ليس هذا ما كنت أتوقعه من بطولة عالمية".

رد أمادو: "ربما يكون غريبًا، لكن ما يعجبني هو أنه شامل. إنه للجميع. ويمكن للفتيان والفتيات اللعب معًا!"

تبادل الأولاد النظرات المتحمسة. رغم أنهم تركوا مغامرات السرقة وركزوا على دراستهم والعدالة الاجتماعية، إلا أن كرة السلة لا تزال جزءًا أساسيًا من حياتهم.

سأل كاي، ممسكًا بالكرة بين يديه: "ما رأيكم؟ هل نسجل في البطولة؟"

أومأ مالك.

"فقط إذا شكلنا فريقًا مختلطًا. لقد لعبنا معًا طوال حياتنا، لكن إذا كانت هذه بطولة عالمية، فنحن بحاجة إلى فتيات في الفريق. فتيات يمثلن أفضل ما في فيلادلفيا".

أضاف لوكا: "أتفق معك. نريد فريقًا يعكس المساواة الحقيقية. لا لعب بفتيان فقط. نحتاج إلى 6 فتيات يكون أداؤهن مثلنا... أو حتى أفضل".

قال كاي مبتسمًا: "إذًا، إنه اتفاق. سنبحث عن أفضل اللاعبات في حيّنا".

النقاش

في تلك الليلة نفسها، اجتمع الأولاد لمناقشة استراتيجيتهم. كانوا يعلمون أن فيلادلفيا مليئة بالفتيات الموهوبات، وأرادوا منحهن فرصة عادلة

قال لوكا: "يجب أن نكون منصفين، كاي. لا يمكننا اختيار الفتيات اللواتي نعرفهن فقط. إذا أردنا أن يكون هذا الفريق فعلاً مختلطًا، علينا أن نفتح التجارب لكل الحي".

سأل تاهو بفضول: "هل تقصد أن نجري تجارب مفتوحة؟"

أجاب لوكا: "بالضبط. إذا كنا سننافس على مستوى العالم، فعلينا أن نتأكد من أننا نختار أفضل اللاعبات، دون محاباة".

قال ليو: "أحب الفكرة. نحدد يومًا للتجارب ونرى من يأتي. ولكن يجب أن نتأكد أيضًا من أن لاعباتنا يتقاسمن قيمنا. هذا ليس مجرد كرة سلة، بل يتعلق بشيء أكبر".

مستقبل واعد

بينما كانوا يناقشون التفاصيل، كانوا يعلمون أن هذه فرصة فريدة. العالم يتغير، وهم يريدون أن يكونوا جزءًا من هذا التغيير. لم يعودوا الفتيان الذين كانوا يسرقون البنوك لمساعدة المحتاجين. الآن، كانوا يركزون على كيفية استخدام مهاراتهم لتحسين المجتمع، ليس فقط على المستوى المحلي، بل على المستوى العالمي.

قال مالك: "هذه البطولة ليست مجرد دورة. إنها فرصة لإثبات أن الحدود، والاختلافات بين الجنسين، أو العرق أو المكانة الاجتماعية لا تهم. ما يهم هو الموهبة، الجهد، والوحدة".

واختتم كاي مبتسمًا: "وسنستغلها إلى أقصى حد. سنجد أفضل الفتيات، وننشئ أفضل فريق، ونثبت أن في فيلادلفيا لا يُلعب كرة السلة فقط، بل يُكافح من أجل عالم أفضل".

نهض الأولاد، وقد شعروا بطاقة جديدة. ستكون البطولة العالمية لكرة السلة الحرة مغامرتهم القادمة الكبيرة، لكن هذه المرة لن تكون من أجل أنفسهم. ستكون من أجل العالم كله.

كان المستقبل مليئًا بالإمكانات، وكانوا مستعدين لمواجهته، بقلوب مفتوحة وكرة في الأيدي.

الفصل التاسع والعشرون: اختيار الفريق المختلط

لقد حان اليوم المنتظر. كانت الساحة التي لعب فيها كاي، وعمادو، ولوكا، وليو، وتاهو، ومالك طوال حياتهم مليئة بالشباب المتحمس. كان هناك حديث يدور عن أن الأولاد كانوا يبحثون عن تشكيل فريق مختلط للمشاركة في بطولة العالم لكرة السلة الحرة، وكانت أفضل اللاعبات في فيلادلفيا على أتم الاستعداد لإثبات قدراتهن.

وقف كاي أمام الفتيات ونظر إلى أصدقائه.

"حسنًا، ها نحن هنا" قال كاي مبتسمًا. "يواجهنا تحدٍ كبير، ولكن قبل ذلك، علينا أن نكوّن فريقًا لا يُهزم."

أومأ عمادو، وهو ينظر إلى صف الفتيات الجاهزات لإظهار أفضل ما لديهن.

"دعونا نجعل الأمر عادلًا"، تدخل لوكا. "ستحصل كل واحدة منكن على الفرصة لإثبات ما يمكنها فعله. لا نبحث عن نجوم فرديين، بل عن لاعبات يعملن بروح الفريق."

رفع ليو يده وتابع الحديث.

"فتيات، هذا ليس مجرد كرة سلة. نحن نبحث عن لاعبات يشاركننا قيمنا. نريد المساواة والعدالة، وفريقًا يكافح من أجل شيء أكبر من مجرد الفوز ببطولة."

تملكت الفتيات مشاعر الحماس. كانت بعضهن على علم بأن هذا الفريق لديه تاريخ خاص، وليس فقط لمهاراتهم في كرة السلة، بل أيضًا لمبادئهم وأفكارهم الاختبارات

واحدة تلو الأخرى، بدأت الفتيات في إظهار مهاراتهن. بعضهن أدهشهن سرعتهن، والبعض الآخر بقدرتهن على التسديد من مسافات بعيدة. في نهاية اليوم، وبعد الكثير من المناقشات بين الأولاد، تمكنوا من اختيار أفضل ست لاعبات في فيلادلفيا.

"فتيات، تهانينا"، أعلن مالك مبتسمًا. "لقد تم اختياركن لتكن جزءًا من فريقنا".

بدأت الفتيات المختارات في عناق بعضهن البعض، متحمسات لهذه الفرصة. قريبا ستتردد أسماؤهن في أرجاء فيلادلفيا:

نيا، مدافعة سريعة وماهرة، تُعرف بقدرتها على صد التسديدات وقراءة الحركات.

ليلى، تسديدة دقيقة من المسافات البعيدة، تمتاز بدقة استثنائية من خط الـ12 مترًا.

جايد، لاعبة متعددة القدرات، يمكنها اللعب في أي مركز وتمتلك موهبة طبيعية للعب الجماعي.

أليشيا، الأصغر في المجموعة، لكنها تمتلك طاقة لا تنفد وقدرة ممتازة على المراوغة.

سامانثا، لاعبة ضخمة، تمتلك حضورًا بدنيًا يُرهب الخصوم.

تاشا، تُعرف بذكائها في اللعب، قادرة على تنظيم الحركات المعقدة والحفاظ على الهدوء تحت الضغط.

نظر كاي إليهن بفخر.

"ينقصنا شيء واحد فقط"، قال. "نحتاج إلى شخص يوجهنا. مدرب يعرف هذا اللعبة ويفهمنا كفريق".

تبادل الأولاد النظرات، ثم تحدث ليو.

ما رأيكم في دون كارلوس؟" اقترح. "الرجل العجوز في الحي الذي دائمًا"
ما دعمنا. هل تذكرون حين دافع عنا أمام أولئك الشبان المشاكسين قبل سنوات؟
ساعدنا في الحفاظ على هذه الساحة عندما كان يبدو أنها قد تضيع".

أومأت الفتيات أيضًا، متذكرات سمعة دون كارلوس.

وصول دون كارلوس

ذهب الأولاد للبحث عن دون كارلوس، الذي كان، كعادته، يجلس في الحديقة القريبة، ينظر إلى الساحة من بعيد. كان رجلًا في الستينات من عمره، بلحية رمادية وعيون حيوية تفيض بالحكمة وتجسد حياة مليئة بالقصص. عندما اقتربوا منه، تحدث كاي أولاً.

دون كارلوس، نحتاج إليك".

رفع دون كارلوس رأسه، متفاجئًا، لكنه ابتسم لرؤية الأولاد.

تحتاجونني؟ كنت أعتقد أنكم تعلمتم كل شيء"، رد مازحًا.

لا، نحن جادون"، تدخل عمادو. "سنشارك في بطولة العالم لكرة السلة"
الحرة. ونحتاج إلى شخص يوجهنا. نريدك أن تكون مدربنا".

أطلق دون كارلوس ضحكة صغيرة بينما نهض من مقعده.

أدربكم أنا؟" قال، ناظرًا إلى الأولاد. "أتذكر تمامًا تلك الأيام التي كنتم فيها"
شبابًا دائمًا على الساحة، تكافحون من أجل ما هو لكم. والآن تريدونني أن أدربكم
لبطولة عالمية؟"

نعم"، أكد ليو. "والأهم من ذلك، لدينا الآن فريق مختلط. شباب وبنات."
المساواة الحقيقية".

نظر دون كارلوس إلى الفتيات وأومأ برأسه، مندهشًا.

"دائمًا ما كنت أعلم أنكم ستفعلون شيئًا كبيرًا. حسنًا، قبلت التحدي. ولكن"

"اسمعوا، لن يكون الأمر سهلًا. هناك الكثير للقيام به، وسنبدأ من الآن."

التدريب غير التقليدي

في الساحة، نظر دون كارلوس إلى فريقه بنظرة جادة لكن هادئة.

"قبل أن نبدأ أي تدريب آخر، علينا التأكد من أنكم تتقنون التسديد من خط الـ 12 مترًا. هذا هو الخطوة الأولى للتأهل للبطولة. ولكن لن نقوم بذلك بالطريقة التقليدية."

"ماذا لديك في ذهنك؟" سأل تاهو، بفضول.

"أولاً، سنقوم بالتسديد وعيونكم معصوبة"، قال دون كارلوس وهو يسحب عصابات سوداء. "إذا كنتم تستطيعون التصويب دون رؤية، فعندما تخلعون العصابات، ستكونون أكثر دقة."

تبادل الأولاد والفتيات النظرات، مربكين قليلاً، لكنهم استعدوا للتحدي. وضعوا العصابات على أعينهم، وبدأ دون كارلوس في توجيههم حول كيفية الشعور بالحلقة والمسافة دون استخدام النظر.

"ثقوا بحدسكم. كرة السلة ليست فقط في رؤية السلة"، قال.

بعد عدة محاولات فاشلة، بدأت بعض الفتيات مثل ليلى ونيا في النجاح. بدأ الجميع في فهم الدرس.

"ليس سيئًا على الإطلاق!" صرخ دون كارلوس مبتسمًا.

لكن هذا لم يكن كل شيء. بعدها، أخرج دون كارلوس دلوًا من الماء.
"الآن، الكرة المبللة"، أعلن بينما يغمر الكرة في الماء. "إذا كنتم تستطيعون
التحكم في الكرة في هذه الظروف، فلن يوقفكم شيء في مباراة حقيقية."
"هذا... مختلف"، علق لوكا ضاحكًا. "لكنني مستعد."

واصل الفريق التدريب، يضحكون ويتعلمون من تقنيات دون كارلوس غير
التقليدية، والذي كان يعلمهم ليس فقط التحكم في الكرة، بل أيضًا السيطرة على
عواطفهم وتركيزهم تحت الضغط.
"الموهبة ليست كل شيء"، قال دون كارلوس في نهاية اليوم. "المفتاح هو
التحكم. في العقل، في الجسد، وفي الكرة. إذا أتقنتم ذلك، فستتقنون اللعبة."

الجميع، رغم إرهاقهم، كانوا سعداء لأنهم شعروا أنهم يسيرون في الطريق
الصحيح. كان دون كارلوس قد قبل التحدي، وبإرشاده، شعروا أنهم أصبحوا أكثر
استعدادًا من أي وقت مضى للتحدي العالمي القادم.
كانت البطولة على الأبواب، ومع فريقهم المكتمل ومدربهم العادل والحكيم،
كانوا مستعدين لمواجهتها.

الفصل 30: العالم في ملعب

تحوّل بطولة العالم لكرة السلة الحرة إلى ظاهرة عالمية غير مسبوقة. في كل ركن من أركان الأرض، من الأحياء الفقيرة إلى الملاعب الفخمة، كان الناس يتحدثون عن هذه البطولة. كانت فكرة الملياردير غابرييل ستوكس في إنشاء مسابقة مفتوحة لأي فريق، بغض النظر عن الأصل أو الجنس، قد استحوذت على اهتمام الملايين. كانت الفكرة بأن يتمكن أي فريق، من محترفي الدوري الأمريكي لكرة السلة إلى شباب الأحياء، من المنافسة على قدم المساواة، فكرة ثورية.

قام ستوكس، الذي امتلك حقوق البث العالمي، بالتأكد من أن كل مرحلة من البطولة يتم مشاهدتها في جميع أنحاء العالم. وفي كل بث، كرر الرسالة نفسها مرارًا وتكرارًا:

"هذه ليست مجرد كرة سلة. إنها رمز للمساواة. لا يهم من أين — أتيت أو ما هو وضعك. هنا، لا يحسب سوى الموهبة والعمل الجماعي".

منذ البداية، تم تنظيم كل مرحلة من البطولة بدقة. كانت اختبارات مكافحة المنشطات إلزامية لجميع الفرق، دون استثناء، وقواعد اللعبة كانت تتبع معايير الألعاب الأولمبية. ومع ذلك، استندت التصفيات الأولية إلى اختبار غير مألوف: تسديدة من خط 12 مترًا، مما أدى إلى استبعاد من لم يحقق الدقة المطلوبة.

من كل قارة، تقدم حوالي 1000 فريق إلى مرحلة التصفيات، ولكن فقط أفضل 60 فريقًا سيواصلون المنافسة في البطولة التي استمرت 15 يومًا. وكان التحدي الأول هو استبعاد الفرق التي لم تتمكن من اجتياز اختبار التسديد من مسافة 12 مترًا.

سقوط العمالقة

بدأ الدراما مبكرًا، حيث تم استبعاد بعض الفرق الاحترافية الأكثر شهرة في اختبارات التسديد. فرق من الدوري الأمريكي للمحترفين ومن كبرى الدوريات

الأوروبية، التي كانت معتادة على الهيمنة، وجدت نفسها في موقف محرج. والتقطت الكاميرات دهشتهم وهم يخفقون في التسديد من 12 مترًا، وهي مسافة نادرًا ما يمارسونها في المباريات التقليدية.

أحد نجوم الدوري الأمريكي المعروف بمهارته تحت السلة أخفق في ثلاث تسديدات متتالية، وتم استبعاد فريقه على الفور. حدث الشيء نفسه مع فرق من الدوريات الأوروبية والآسيوية التي قللت من أهمية الاختبار. لم يكن يهم شهرتهم، بل فقط القدرة على التسديد.

في الوقت نفسه، تميزت الفرق الشبابية التي أمضت ساعات في ممارسة هذا النوع من التسديدات. كانت الدقة والتحكم تتفوقان على الشهرة والمال. من بين هؤلاء، كان فريق "بلا حدود" الذي يضم كاي، أمادو، لوكا، ليو، تاهو، ومالك، إلى جانب ست فتيات من فيلادلفيا، قد أذهل الجميع بهدوئه وقدرته على التسديد بدقة. لم يكونوا محترفين، لكنهم أثبتوا أن شغفهم وتفانيهم لا يُقهر.

الفرق النهائية

بعد مرحلة التصفيات، بقيت 10 فرق نهائية من ست قارات، لكل منها قصة فريدة:

1. بلا حدود (أمريكا الشمالية): فريق مختلط من فيلادلفيا، معروف ليس فقط بمهاراته ولكن بنضاله من أجل العدالة الاجتماعية. كانوا يمثلون الأحياء وأولئك الذين يبحثون عن عالم بلا تقسيمات.

1. روسلان (أوروبا، روسيا): فريق من الشباب من حي في موسكو، قوي ومنضبط، معروف بدفاعه القوي. جميع لاعبيه ذكور ويريدون إثبات قدرتهم على الفوز على أي أحد بقوتهم البدنية.

1. محاربو سويتو (أفريقيا): فريق من جنوب أفريقيا جاء من شوارع سويتو، معروف بسرعته ولعبه الهجومي. رغم افتقاره للحجم، عوّضه

بشجاعته.

1. نسور بوينس آيرس (أمريكا الجنوبية): فريق مختلط من الأرجنتين، يتميز بمهارة الهجوم المضاد وقدرته على التسديد الخارجي.

1. نمور شنغهاي (آسيا): فريق منظم ومنضبط، معروف بخططه الاستراتيجية ولعبه الجماعي.

1. أمواج المحيط الهادئ (أوقيانوسيا): فريق مختلط من أستراليا، معروف بلعبه السريع وقدرته على التكيف مع أي موقف.

1. محاربو الصحراء (أفريقيا، مصر): فريق يلعب بشغف وقوة، يمثل أحد أحياء القاهرة الفقيرة.

1. النجمة الحمراء في بلغراد (أوروبا، صربيا): فريق من الشباب الصربيين، معروف بلعبه البدني ومهاراته الدفاعية.

1. ذئاب المكسيك (أمريكا الشمالية): فريق مختلط، مشهور بمهارته في التسديدات البعيدة وقدرته على استعادة المباريات المستحيلة.

1. أسود نيروبي (أفريقيا): فريق مختلط بمهارة مذهلة في الارتداد وقدرة عالية على التضحية.

واجهت هذه الفرق العشرة بعضها البعض خلال أسبوعين من بطولة حماسية. كانت المباريات تُبث في جميع أنحاء العالم، وقصص هذه الفرق أسرت الجمهور. كانت كل مباراة معركة ليس فقط من أجل المهارة، بل من أجل القصص الشخصية. كان الروس من فريق "روسلآن" معروفين بلعبهم القوي، بينما أذهل "بلا حدود" الجميع بروح الوحدة وبتكتيكاتهم الإبداعية، حيث كان يتم دمج اللاعبات كأعضاء رئيسيين في الفريق.

النهائي الكبير: بلا حدود ضد روسلآن

كانت المباراة النهائية أسطورية. واجه فريق "بلا حدود" فريق "روسلآن"، الفريق الروسي المكون من الذكور فقط. كان هذا الصدام المثالي بين طريقتين مختلفتين للعب: القوة البدنية وقوة فريق "روسلآن" مقابل الذكاء، الإبداع، والعمل الجماعي لفريق "بلا حدود"، الذي أثبت أن الفتيان والفتيات يمكنهم اللعب معًا بشكل رائع.

كانت المباراة معركة من البداية. استفاد الروس من تفوقهم البدني، من خلال الصدات واللعب الهجومي تحت السلة، لكن "بلا حدود" لم يستسلم. قاد كاي، أمادو، ومالك الهجوم بتمريراتهم السريعة وتسديداتهم الدقيقة، بينما تأكد لوكا وتاهو من أن كل لاعبة كان لها لحظة في الملعب.

ظلّ التقدم متقاربًا حتى الثواني الأخيرة. مع تعادل النتيجة واقتراب الوقت من النفاد، استحوذ مالك على ارتداد وأرسل تمريرة طويلة إلى نيا، إحدى لاعبات فيلادلفيا. مع بقاء ثانية واحدة على الساعة، قامت نيا، وهي تدير ظهرها للسلة وبدون خيار آخر، بتسديد الكرة بشكل يائس من خط 12 مترًا.

حلقت الكرة في الهواء بينما احتبست أنفاس الجمهور. سُمع صوت الصافرة النهائية، وفي تلك اللحظة بالضبط، سقطت الكرة بسلاسة داخل السلة.

هدف! فاز فريق "بلا حدود" ببطولة العالم لكرة السلة الحرة في الثانية الأخيرة، بفضل تسديدة فازت بها فتاة من ظهرها. انفجرت الملعب بالصراخ والتصفيق، والتقطت الكاميرات من جميع أنحاء العالم عواطف اللاعبين.

نهاية حقبة، بداية أخرى

بهذا النصر، لم يفز فريق "بلا حدود" بالـ 100 مليون دولار والمجد فقط، بل أثبتوا للعالم أن كرة السلة ليست رياضة تعتمد فقط على القوة البدنية، بل على الاستراتيجية، القلب، والوحدة. الفرق الكبيرة التي لم تجتز حتى اختبار الـ 12 مترًا تعرضت للإحراج أمام هؤلاء الشباب والشابات من الأحياء الذين لعبوا بروح عالية.

بينما كانوا يعانقون بعضهم البعض في الملعب، كان غابرييل ستوكس يبتسم من مقصورته، وهو يعلم أن بطولته قد غيرت كرة السلة إلى الأبد.

الفصل 31: نموذج جديد للعالم No

كانت الأيام التي تلت النصر الكبير مليئة بالاحتفال والتأمل لفريق "بلا حدود". لم يمنحهم الفوز بالبطولة شهرة عالمية ومكافأة ضخمة فحسب، بل أيضًا منصة للبدء في التغيير الحقيقي الذي لطالما حلموا به. لقد حققوا النصر في الملعب، لكنهم الآن يريدون تحقيق النصر خارجه، من خلال المساهمة في بناء عالم أكثر عدلاً وإنصافًا. كان الشباب والشابات في الفريق متحمسين لما سيأتي.

في إحدى الأمسيات، اجتمعوا جميعًا في قاعة الحي، نفس المكان الذي خططوا فيه لطريقهم نحو البطولة. جلس كاي، أمادو، لوكا، ليو، تاهو، ومالك إلى جانب نيا، ليلى، جايد، أليشيا، سامانثا وتاشا، الفتيات الست اللواتي رافقنهم في هذه المغامرة. وأمامهم، في مكانه المعتاد، كان دون كارلوس، المدرب الحكيم والصديق، الذي رافقهم منذ أيامهم الأولى في اللعب في ملعب الحي.

كسر كاي الصمت، ونظر مباشرة إلى دون كارلوس.

قال كاي: "لقد فزنا بالبطولة، لكن الآن نريد أن نفعل شيئًا أكبر بكثير. نريد أن نعيد للمجتمع ما قدمه لنا، ولدينا خطة. نريدكم أن تستمعوا الخطة

بدأ مالك قائلاً: "معظمنا قد حصل بالفعل على تعليم جامعي. نحن نعلم أننا نملك المعرفة والموارد لخلق شيء يمكنه تغيير الحياة حقًا. لقد قررنا أن يبدأ كل منا شركة، لكنها لن تكون شركات تقليدية. ستكون شيئًا مختلفًا، شيئًا لم يسبق له مثيل".

تابع ليو، الأكثر عملية في المجموعة:

"سنؤسس شركة محاماة للدفاع عن الأقل حظًا. الناس الذين لا يستطيعون الوصول إلى العدالة لأنهم لا يستطيعون دفع تكاليفها، سيتلقون مساعدتنا. سنتولى الدفاع عن حقوقهم ومنحهم صوتًا. لكنها لن تكون فقط شركة محاماة، بل سيكون موظفونا جزءًا من الشركة بطريقة فريدة".

أوضح تاهو، المتحمس للتكنولوجيا، جزءه من الخطة:

"سأؤسس شركة تكنولوجيا تركز على الابتكار لخدمة المجتمعات. لكن هناك شيء خاص هنا: لن يكون الموظفون مجرد عمال، بل سيكونون شركاء في

الشركة. نحن نقدم رأس المال والرؤية، لكن الموظفين سيكونون قادرين على التحكم في جداولهم وقراراتهم. سيكونون أحرارًا في اختيار وقت العمل، بشرط واحد فقط وهو العمل لمدة 30 ساعة في الأسبوع على الأقل".

تحدثت أليشيا، التي درست الكيمياء الحيوية:

"سأكون على رأس شركة أبحاث كيميائية حيوية لتطوير أدوية للأمراض النادرة. ستكون مهمتنا هي إيجاد حلول متاحة لأولئك الذين لا يستطيعون دفع ثمن الأدوية الباهظة التي تهيمن على السوق اليوم. وكما في الشركات الأخرى، سيملك علماؤنا حقوق ما ينتجون".

أضاف أمادو: "وليس هذا فقط، فمرة كل أسبوع، سيتجمع جميع الموظفين لجلسة عصف ذهني. سنكسر التدرجات الهرمية التقليدية وسنشجع الإبداع لدى كل شخص. إذا كانت لدى أي شخص فكرة، بغض النظر عن منصبه، سيتم الاستماع إليها".

كان دون كارلوس يستمع إليهم بانتباه. كان مندهشًا، لكنه أيضًا كان لديه فضول.

قال دون كارلوس: "إنها فكرة طموحة، لكن لماذا تعتقدون أنها ستنجح؟"

أخذ كاي الكلمة، كالقائد الطبيعي:

"دون كارلوس، لقد درسنا كثيرًا. نعلم أن إحدى أكبر المشاكل في الشركات التقليدية هي أن الموظفين لا يشعرون بأن لديهم سيطرة على حياتهم. يعملون لساعات طويلة، بلا دافع، وغالبًا ما يشعرون بانفصال عن عملهم. هذا يولد ضغوطًا وأمراضًا نفسية وجسدية. لكن في نموذجنا، لن يكون الموظفون فقط عاملين، بل سيكونون جزءًا من العملية. سيكونون مالكين، سيحظون بالاستقلالية، والأهم من ذلك، سيشعرون أن عملهم له هدف".

أضاف مالك: "بالإضافة إلى ذلك، مع وجود المرونة في جداولهم وبيئة تشجع على الإبداع، ستزداد الإنتاجية. نعلم أنه عندما يكون الناس أكثر سعادة وأكثر ارتباطًا بما يفعلونه، يكون أداؤهم أفضل. وليس هذا فقط، سيكون هناك غياب أقل عن العمل لأن الموظفين سيكون لديهم وقت لرعاية صحتهم النفسية والجسدية".

قالت ليلى: "ما نقترحه هو نموذج تجاري حيث يكون رفاهية الفرد هي الأهم. نريد أن يعيش الناس حياة أفضل، أن يعملوا بشكل أفضل، وأن يكون لهم مستقبل. الشركات التقليدية مهووسة بالسيطرة والأرباح قصيرة الأجل، لكننا نريد شيئًا أكثر استدامة، شيئًا يخدم الناس وليس فقط المساهمين."

النقاش

هز دون كارلوس رأسه، لكنه لم يستطع تجنب طرح بعض الشكوك.

قال: "يبدو هذا مذهلًا، يا شباب. لكن كيف تخططون للتعامل مع النخب والنظام التقليدي؟ إذا فعلتم ذلك، ستواجهون الكثير من المعارضة."

أجابت جايد، التي درست العلوم السياسية، بثقة:

"نعلم أن هناك مقاومة. نحن لا نقترح فقط طريقة مختلفة للقيام بالأعمال، بل نتحدى قوة النخب الاقتصادية. هم لن يرغبوا في فقدان السيطرة على سوق العمل. لكن لدينا شيء لصالحنا: هذا النموذج التجاري جذاب للناس. إنها طريقة حياة أكثر صحة وعدالة، وفي عالم تعب من الاستغلال، نعتقد أننا سنحظى بالدعم الشعبي."

نظر كاي إلى زملائه ثم إلى دون كارلوس.

قال: "لسنا هنا لنهدم النظام بشكل مفاجئ. نريد أن نبني شيئًا يعمل بشكل جيد بحيث يبدأ الناس تدريجيًا في رؤيته كخيار أفضل. هذه ليست ثورة عنيفة، بل تطور سلمي. نريد أن تكون شركاتنا أمثلة يحتذى بها، وإذا نجحنا، سيبدأ الآخرون في تبني النموذج."

قالت نيا: "لدينا كل شيء مخطط له. مع الموارد التي حصلنا عليها من البطولة، سنمول شركاتنا. في البداية سيكون الأمر صعبًا، لكننا مقتنعون بأنه بمجرد أن يرى الناس النتائج، سينتشر هذا النموذج في جميع أنحاء العالم. وعندما يحدث ذلك، لن يكون للنخب نفس القدر من القوة."

الرد

تراجع دون كارلوس في كرسيه، معجبًا. لقد شاهد هؤلاء الشباب يكبرون منذ أن كانوا أطفالًا، يلعبون كرة السلة في ساحات الحي، وها هو الآن يراهم يتحدثون عن تغيير عالمي، بعزم نادرًا ما شاهده.

قال بابتسامة: "لقد كنتم دائمًا مختلفين. لطالما سعيتم لشيء أكبر. أتذكر عندما دافعت عنكم ضد أولئك الشبان الذين أرادوا طردكم من الملعب، وها أنتم الآن مستعدون للدفاع عن شيء أكبر بكثير. أنا فخور بكم".

قال ليو: "شكرًا، دون كارلوس. لكننا بحاجة إلى معرفة شيء أكثر أهمية. هل ستنضم إلينا؟ نريدك أن تكون جزءًا من هذا الفريق، ليس فقط كمدرب كرة السلة، بل كمرشد في هذه المرحلة الجديدة".

نظر دون كارلوس إليهم واحدًا تلو الآخر، وأخيرًا هز رأسه بالموافقة.

قال: "اعتمدوا عليّ. إذا كان هناك من يمكنه تغيير العالم، فهو أنتم. سنظهر للعالم كيف يتم القيام بالأشياء بشكل صحيح".

انفجر الفريق في التصفيق والأحضان. لقد كسبوا أول معركة في الملعب، لكن النضال الحقيقي بدأ للتو. كانوا يعلمون أن الطريق لن يكون سهلاً، وأن هناك أعداء وعقبات، لكن بتماسكهم ورؤيتهم المشتركة، كانوا مستعدين لمواجهة كل شيء.

وهكذا بدأ الفصل الجديد من "بلا حدود"، ليس كأبطال كرة السلة فقط، بل كأبطال لمستقبل مختلف، حيث العدالة والمساواة ورفاهية الناس في صميم كل شيء.

الفصل 32: ثورة "بلا حدود" التكنولوجية

كان فريق "بلا حدود" يعمل في عالم الأعمال منذ عام واحد، وقد كانت الإنجازات التي حققوها مذهلة. كانت الأفكار تتدفق كالأنهار الغزيرة، وتراكمت براءات الاختراع في مكاتبهم. كان كاي، أمادو، لوكا، ليو، تاهو، مالك، والفتيات الست اللواتي يكملن الفريق في طليعة التطورات في مجالات متعددة. لم تكتفِ اكتشافاتهم بجلب الثروة، بل وعدت أيضًا بتغيير مجرى التاريخ.

إنجازات مبهرة

كان من أكثر أبحاثهم الواعدة تطوير لقاح ضد الشيخوخة. باستخدام مزيج من الدراسات على قناديل البحر الخالدة، الطحالب البحرية، وغيرها من الكائنات البحرية، تمكنوا من إبطاء تدهور الخلايا في التجارب على الحيوانات. كانت النتائج مذهلة، وكانت العلوم على وشك تحقيق قفزة لم يسبق لها مثيل. ومع ذلك، كان الفريق حذرًا؛ فقد كانوا يعلمون أن هذه التطورات تحتاج إلى الوقت والعناية قبل أن يتم تطبيقها على البشر.

كان لوكا، الذي لطالما كان لديه أفكار حول توفير الطاقة منذ صغره، فخورًا بشكل خاص بآخر اختراعاته. لقد ابتكروا نظام غسالات لا يستخدم المياه، حيث تم تسجيل براءة اختراع لعملية تعتمد على الموجات فوق الصوتية وتقنية الاهتزاز الجزيئي. كانت التركيبات الكهربائية في مكاتبهم تعمل بدون كابلات، باستخدام تقنية Wi-Fi لنقل الطاقة. كما أن مركبات الشركة كانت تُعيد شحن نفسها باستخدام نظام مشابه للدينامو، يستفيد من الطاقة التي يولدها الحركة ذاتها.

بالإضافة إلى ذلك، أصبح الفريق رائدًا عالميًا في الذكاء الاصطناعي. لقد طوروا روبوتات متقدمة يمكنها مساعدة المسنين في مهامهم اليومية وتقديم الرفقة، مما قلل من معدلات الشعور بالوحدة لدى كبار السن. كما سجلوا براءة اختراع لجهاز ثوري يُدعى "هولوموبايل"، وهو هولوغرام محمول يستبدل الهواتف المحمولة التقليدية، ويعرض الصور ثلاثية الأبعاد ويستخدم واجهة تفاعلية للواقع المعزز.

قال تاهو خلال اجتماع: "هذا ليس إلا البداية. مع سرعة تقدمنا، سنتمكن في غضون سنوات قليلة من تغيير نمط حياة ملايين الأشخاص. تخيلوا ما يمكننا تحقيقه"

مخاوف حول الأمن

على الرغم من كل النجاحات، لم يكن بإمكان فريق "بلا حدود" تجاهل أن الشهرة والثروة تجلب أيضًا المخاطر. لقد أصبحوا مليارديرات، ونفوذهم العالمي كان ينمو بسرعة، وهو أمر كان يثير قلق أعضاء الفريق.

خلال اجتماع في مقرهم الرئيسي، الواقع في مكان سري، ناقشوا أهمية الأمن الخاص بهم.

قال كاي بلهجة جدية: "لقد عملنا بجد للوصول إلى ما نحن عليه الآن، ولكن لا يمكننا أن نكون سُذَّجًا. هناك أشخاص في الخارج قد يرغبون في أخذ ما حققناه، أو حتى تخريبنا."

أضاف أمادو: "لهذا السبب قمنا بتطوير تقنيتنا الوقائية. مبانينا محمية بنظام مراقبة متقدم، مزود بأجهزة استشعار الحركة، وكاميرات التعرف على الوجوه وطائرات بدون طيار تقوم بدوريات في المنشآت. لدينا أيضًا تكنولوجيا ردع في حالة التعرض لهجوم؛ شيء لا يمتلكه أحد، ولسنا مستعدين لبيعه أو الكشف عن تفاصيله"

تدخل ليو قائلاً: "بالإضافة إلى ذلك، لدينا فريق أمني ممتاز. أفضل الوكلاء المدربين في العالم يعملون لدينا. ليسوا خبراء في الدفاع فحسب، بل هم أيضًا في طليعة التكنولوجيا الأمنية"

النقاش: كيفية محاربة الطغيان

بعد مناقشة أمنهم، أخذت المحادثة منحى أعمق. رغم أن الأمور تسير على ما يرام بالنسبة لهم، لم يتمكنوا من تجاهل أن هناك في أجزاء أخرى من العالم ظلمًا مستمرًا وحكومات طاغية تضطهد شعوبها. دار النقاش حول كيفية تمكنهم، من موقعهم، من المساعدة في مكافحة هذه الطغيان.

قال مالك، وقد بدا عليه الغضب: "ما زالت هناك دول حيث لا يُسمح للنساء حتى بحضور مباراة كرة سلة. فكروا في أماكن مثل أفغانستان، حيث يُمنع النساء من الملاعب، بل ويتم إذلالهن وقمعهن باستمرار".

سألت نيا: "وماذا يمكننا أن نفعل نحن؟ لسنا سياسيين ولا عسكريين".

نهض لوكا من كرسيه وقال بفكرة في ذهنه: "لقد وجدتها. سنوجه تحديًا لتلك الحكومات الديكتاتورية في مباراة كرة سلة. دعهم يختارون أفضل فريق لديهم، الفريق الذي يريدونه. سنراهن على اللقب الذي فزنا به، وسنعرض لهم شيئًا آخر: إذا فازوا، سنمنحهم ما يرغبون به منا".

ساد الصمت بين أعضاء الفريق للحظة، وهم يعالجون الفكرة. كان ليو هو من كسر الصمت.

قال: "إنها فكرة مجنونة... لكنني أحبها. تخيلوا التأثير الذي سيحدث. حدث عالمي، يشاهد فيه الملايين كيف تتحدى فرقهم فريقنا. والأهم من ذلك، سنجبر تلك الأنظمة على إعادة النظر في سياساتها".

أضافت ليلى وهي توافق: "يمكننا أن نبدأ بـ 'قَرزَك'. إنه المثال المثالي. سنرسل رسالة رسمية إلى الديكتاتور، نتحداه علنًا. إذا كان لديهم الشجاعة، سيقبلون التحدي. وإذا لم يقبلوا، فسيظهرون كجبناء في نظر العالم".

التحدي

وافق الفريق على الفكرة. كانوا يعلمون أنهم لن يتمكنوا من تغيير العالم بالتكنولوجيا أو الشركات الناجحة فقط؛ كانوا بحاجة أيضًا لمواجهة الظلم بطريقة مباشرة. اتفقوا على صياغة رسالة رسمية موجهة إلى ديكتاتور 'قَرزَك'، يتحدونه في مباراة كرة سلة غير ودية.

قال مالك: "ستكون بيانًا عامًا، تحديًا عالميًا. وإذا قبلوا، يمكننا أن نثبت لهم أن القوة ليست في الأسلحة أو القمع، بل في العدالة والمساواة".

ابتسم كاي، وهو يحدق في الأفق قائلاً: "هذه ليست سوى البداية. سنغير العالم، خطوة بخطوة".

الفصل الثالث والثلاثون: التحدي في الظلال

كان الدكتاتور في قَرْزَخ، في قلب آسيا الوسطى، قد قبل التحدي. اسمه زافر النور، يتردد في الشوارع وعلى ألسنة من يعيشون تحت وطأته؛ رجل ذو نظرة باردة وقلب من حجر، معروف بقبضته الحديدية واحتقاره للنساء والأقليات. من قصره المهيب، قصر الدين، وهو قلعة ذهبية تتألق كمنارة وسط الصحراء، يحكم بقبضة من حديد، محاطًا بجدران عالية وحراس مسلحين يبدون كظلال هائمة من طغيانه.

بالنسبة إلى النور، كان تحدي "بلا حدود" مزحة ساخرة، ضحكة قاسية تتردد في قاعة اجتماعاته: "كيف يمكن لفريق مختلط، يضم نساءً في الملعب، أن يتحدى عظمة نظامي؟" هكذا كان يسخر إلى جانب جنرالاته، فيما كان صدى ضحكته يملأ الجو الثقيل بالقمع.

وصل فريق "بلا حدود" إلى قَرْزَخ قبل المباراة بأسبوع، عالمين أن كل ثانية تُعَدّ في كفاحهم من أجل الأمل. لقد خططوا لرحلتهم بدقة، وتواصلوا مع جمعيات نسائية سرية تعمل تحت النظام. وفي اجتماع سري، في منزل صغير مخفي بين ظلال المدينة، التقوا بقائدات المقاومة النسائية، نساء شجاعات كافحن في صمت ضد القمع لسنوات.

"هذه المباراة أكثر من مجرد لعبة"، قال كاي، وعيناه مشتعلة بتصميم داخلي بدا وكأنه يضيء القاعة المظلمة. "إذا فزنا، فسيكون ضربة أخلاقية للنظام. وإذا خسرنا، فلدينا خطة أخرى".

أحضر الفريق معهم هدية للدكتاتور: قلم فاخر، مصنوع يدويًا من الذهب والأحجار الكريمة. لكن هذا القلم لم يكن كما يبدو. كان يحتوي على كاميرا صغيرة تستطيع تسجيل الصوت والفيديو بجودة عالية، وهي تحفة تقنية طورها فريق الاستخبارات في "بلا حدود". كانت خطتهم جريئة: التقاط أي محادثة مشبوهة داخل القصر، وكشف الظلال التي تخيم على الأمة.

اكتشاف غير متوقع

في اليوم الثالث من إقامتهم، أدى القلم مهمته. اقتحم مالك، المسؤول عن مراقبة التسجيل، مركز العمليات بقلق واضح.

"عليكم أن تروا هذا"، قال، وعلامات الجدية واضحة على وجهه.

جلس الفريق أمام الشاشة، وشاهدوا التسجيل. في قاعة اجتماعات فخمة بالقصر، كان زافر النور محاطًا بستة رجال يرتدون ملابس سوداء، شخصيات تبدو وكأنها خرجت من أعماق الجشع والفساد. كانوا أغنى رجال في العالم، يتحكمون في الحكومات من الظلال. كانوا يطلقون على أنفسهم لقب "الدُمى الستة": ريتشارد كولفيلد، قطب النفط الأمريكي؛ ديميتري فولكوف، الأوليغارشي الروسي؛ خالد بن راشد، الشيخ الخليجي؛ نيكولاي دراغومير، بارون المعادن الأفريقية؛ جيرالد فونتين، المصرفي الأوروبي؛ وتاكاشي ناكامورا، الصناعي الياباني.

كان النور يقدم لهم الويسكي، وبين ضحكات ساخرة، كانوا يتحدثون عن خطتهم الكبرى القادمة: بدء حرب في منطقة مجاورة لبيع الأسلحة، ثم إعادة بناء المدن المدمرة بشركاتهم.

"الفوضى هي أفضل تجارة"، قال فولكوف، رافعًا كأسه بابتسامة باردة.

"الحكومات دائمًا ستكون بحاجة ماسة إلى أسلحتنا".

"لتبدأ الدمار"، أضاف كولفيلد، وضحكته تردد صدى الشر.

قبض ليو، أحد اللاعبين، يديه بقوة عند سماع تلك الكلمات، والغضب مشتعلاً في داخله.

"هؤلاء هم... المسؤولون الحقيقيون عن الحروب والمعاناة. لا يمكننا السماح لهم بالاستمرار"، قال، وصوته مليء بالغضب المكبوت.

"علينا" هذا التسجيل هو سلاحنا"، قال أمادو، بنبرة قوية ارتدت في القاعة. "علينا استخدامه".

خسارتنا للمباراة هي الخيار الأفضل"، تدخل لوكا، استراتيجي بارع. "إذا" خسرنا، سيحتفل الناس في الشوارع. وسيكون الوقت المثالي لنشر هذا الفيديو وكشف هؤلاء الوحوش للعالم".

الخطة السرية

اجتمع فريق "بلا حدود" مع قائدات المقاومة النسائية، وشاركوا خطتهم الجريئة. كما تواصلوا مع عدد من الضباط العسكريين الذين، في السر، كرهوا نظام النور وكانوا مستعدين للتعاون. قاموا بتوزيع زجاجات صغيرة من الرذاذ، والتي عند وضعها على زناد الأسلحة، تجعلها غير قابلة للاستخدام تمامًا.

بمجرد انتهاء المباراة، ستكونون أنتم من يقود استعادة البلاد"، قالت ليلى"، بصوت يتردد فيه أمل مشرق. "لقد نسقنا كل شيء. سنخسر، يحتفل الناس، ثم نطلق الفيديو. سيسقط النظام من الداخل".

المباراة وسقوط النظام

حان يوم المباراة، وكان الجو مشحونًا بالتوتر. كان زافر النور قد جمع آلاف المشجعين في الاستاد الضخم لقصر الدين، واثقًا من أن فريقه من الرجال الأقوياء سيسحق فريق "بلا حدود"، وهو فريق مختلط يضم نساءً، مما جعله يراه فريقًا غير جدير بالمنافسة.

ستكون نزهة"، قال النور بتفاخر، وهو يشاهد فريقه يتدرب، وضحكته" تتردد كصدى لانتصار متوقع.

لكن "بلا حدود" لعبوا بهدف أعمق. على الرغم من أنهم يمتلكون المهارة للفوز، قرروا الالتزام بالخطة المرسومة. كل تمريرة خاطئة، وكل تسديدة ضائعة، كانت جزءًا من استراتيجيتهم المتعمدة. تقدم فريق النور بسرعة، مستمتعين بوهم النصر.

عند انتهاء المباراة، نهض زافر النور من مقعده، رافعًا يديه كإشارة انتصار.

"كنت أعلم ذلك!" صرخ بضحكة ساخرة. "النساء لا يصلحن لهذا!"

لكن الشعب، الذي كان غارقًا في حالة من السبات جراء سنوات القمع، خرج إلى الشوارع للاحتفال. للمرة الأولى منذ سنوات، بدت الجماهير سعيدة، ولو كان ذلك تحت وهم النصر. ولكن بعد عشر دقائق فقط من المباراة، فعَّل الفريق الإشارة التي ستطلق الحبر من القلم. وجد أحد الحراس القلم وألقاه دون أن يدرك شيئًا.

بعد فترة وجيزة، انتشر الفيديو المسجل في القصر على جميع وسائل التواصل الاجتماعي. في غضون دقائق، شاهد الملايين زافر النور والدُمى الستة وهم يخططون للحروب والاتجار بالأسلحة بينما يتبادلون الويسكي. انطلقت الحقيقة كتيار جارف، جارفًا معه الأكاذيب والقمع.

امتلأت الشوارع بالغضب. الأشخاص الذين كانوا قبل لحظات يحتفلون بانتصار فريق النور أصبحوا يطالبون بالعدالة. قادت النساء من المقاومة، مدعومات من العسكريين غير الراضين، السيطرة على المدن الرئيسية، متحدات لغرض كان ينتظر في الظلال طويلاً.

مستقبل جديد لقَرْزَخ

قائدات المقاومة، بقيادة نادية، محامية سرية تحمل شغفًا لا يُقهر، اتجهن إلى القصر. تم الإطاحة بالنور بدون مقاومة تذكر، وانهيار إمبراطوريته من الطغيان كان كبيت من ورق. هرب الدُمى الستة في طائراتهم الخاصة، لكن لم يتمكنوا من الهروب من العار العام. خلال أيام، بدأت ثرواتهم تتداعى، وأصبحت أسماؤهم مرادفة للخيانة.

ساعد "بلا حدود" في صياغة دستور جديد لقَرْزَخ، وثيقة تعد بالحرية والعدالة. تم إنشاء نظام فريد: سيكون الرئيس الجديد مجرد مدير، بينما تُترك القوانين المهمة لقرار الشعب عبر التصويت عبر الإنترنت، بتقنية بصمة الإصبع والقياسات الحيوية لمنع الاحتيال.

سيظل الحكم دائمًا في يد الشعب"، قال كاي، وهو يسلم النسخة الأولى"
من الدستور لنادية. "لا مزيد من الدكتاتوريين. لا مزيد من الحروب التي يخلقها
"الأقوياء.

ابتسمت ليلى وهي تشاهد نساء قَرْزَخ وهن يتولين زمام مستقبلهم، والشمس
مشرقة بقوة فوق رؤوسهن.
بعد سنوات طويلة من القمع، حان الوقت لتسخر النساء من الرجال الذين"
"أساؤوا إليهن"، قالت نادية، رافعة يدها بتصميم. "هذا البلد سيكون حرًا بفضلنا
"!

وهكذا، تحررت قَرْزَخ، ليس بالأسلحة، بل بالحقائق. شاهد العالم عبر الشاشات
كيف استطاع فريق كرة سلة مختلط ومقاومة من النساء الإطاحة بطاغية وتفكي

الفصل 34: نهاية محركي الدمى

كان العالم في حالة صدمة. لقد كشفت التسجيلات من قصر قصر الدين، التي نُشرت على كل وسائل الإعلام، عن حقيقة كان الكثيرون يشكِّون فيها، ولكن قلة منهم تمكنوا من إثباتها: لم تكن الحكومات ولا الرؤساء هم المتحكمون الفعليون في العالم. بل كان هناك ستة من محركي الدمى، الذين لعبوا بالدول كقطع على لوحة شطرنج، يخلقون الحروب، ويسيطرون على الاقتصاديات، ويتركون البشرية تحت ظلهم بدافع الطموح الصرف.

ولأول مرة، ردّ العالم متحداً. امتلأت شوارع كل مدينة وكل بلد بالمحتجين. وكانت اللافتات واضحة: "لا مزيد من الدمى"، "السلطة للشعب"، "ارحلوا محركي الدمى". لكن الأكثر إثارة للإعجاب هو أن الاحتجاجات كانت سلمية، حيث سار الملايين من الناس معاً، مطالبين بتغيير جذري، بدون عنف. خافت الحكومات عند رؤية حجم الاستياء. وأدرك القادة السياسيون أنهم لم يعودوا قادرين على تجاهل أصوات مواطنيهم.

وسط هذا الفوضى العالمية، بدأت الدساتير المقترحة من منظمة "بلا حدود" تكتسب شعبية. مستوحاة من نجاح نموذج قرزاح، بدأت الدول الأخرى في اعتماد نظام المديرين بدلاً من الرؤساء أو رؤساء الوزراء. في هذا النظام الجديد، كان على المديرين فقط تنفيذ قرارات الشعب، التي يتم اتخاذها من خلال تصويتات رقمية آمنة، تعتمد على بصمة الأصابع والتعرف البيومتري. كانت الديمقراطية المباشرة ممكنة بفضل التكنولوجيا، وكان العالم على استعداد لاحتضانها.

اجتماع بلا حدود

في مقرهم، الذي كان متطورًا تكنولوجياً بقدر ما هو مستقبلي، اجتمع فريق "بلا حدود" لمناقشة المستقبل. كانوا قد حققوا تغييراً تاريخياً، لكنهم كانوا يعلمون أنه لن يكون من السهل الحفاظ عليه.

ماذا تعتقد أن محركي الدمى سيفعلون الآن؟ — سأل لوكا، بينما — كان يشاهد الأخبار. كان الرجال الستة الأكثر نفوذاً في العالم في حالة فرار، ولكن لن يستمر ذلك طويلاً.

نظر كاي إلى الآخرين، وهو يفكر.

سيفقدون السلطة، لكنهم لن يستسلموا بسهولة. لقد لعب هؤلاء — الرجال بحياة ملايين الأشخاص لفترة طويلة. هؤلاء الرجال معتادون على الإفلات من العقاب. لكن هذه المرة الأمر مختلف. العالم لم يعد كما كان.

أمادو أومأ برأسه.

ما فعلناه في قرزاح كان مجرد البداية. لقد أثبتنا أن الطغاة يمكن أن — يسقطوا، وأن إرادة الشعب أقوى من أي دكتاتور أو ملياردير. ولكن، ماذا يحدث عندما يكون العدو أكثر غموضًا، عندما لا يكون حكومة واحدة، بل نظام فاسد قائم منذ قرون؟

تدخلت ليلى، بصوت هادئ ولكنه حازم.

علينا أن نستمر في النضال. لا يمكننا السماح للعالم بالعودة إلى — أيديهم. لكننا لن نفعل ذلك بمفردنا. الناس قد استيقظوا. لقد زرعنا بذرة، والآن نرى أن الثمار بدأت تنضج. البلدان تتبنى نموذج دستورنا. السلطة تعود إلى الشعب.

وهذا أيضًا جعلنا نكسب أعداء — أشار مالك — ليس فقط — محركي الدمى. هناك الكثير ممن يريدون الحفاظ على النظام القديم، حيث يستفيد القليلون بينما يعاني الأغلبية. إذا واصلنا، فسوف يحاولون إيقافنا.

أضاف ليو، وهو دائمًا عملي:

— لقد حاولوا بالفعل. تلقينا تهديدات، محاولات تخريب، وحتى هجمات إلكترونية ضد شركاتنا. لكن لدينا الموارد للدفاع عن أنفسنا. التكنولوجيا التي قمنا بتطويرها ليست فقط لحمايتنا، بل لتمكين الآخرين. وهذا ما يخيفهم أكثر.

تأملات التغيير

نهض كاي وبدأ يمشي في الغرفة، يفكر فيما حققوه حتى الآن.

— لم نتوقع أبدًا أن يصل الأمر إلى هذا الحد، أليس كذلك؟ عندما بدأنا، كنا نريد فقط إحداث فرق، وهدم بعض الحواجز. لكن الآن... هذا أكبر بكثير. لقد غيرنا هيكل السلطة في العالم. لم يعد هناك رؤساء، لا ملوك ولا دكتاتوريين يمكنهم التصرف دون عواقب. المديرون موجودون لتلبية إرادة الشعب، وليس للحكم من عرش.

ابتسم لوكا، ولكن كانت هناك قلق في عينيه.

— إنه إنجاز عظيم، لكن لا يمكننا أن نسترخي. الأشخاص الذين فقدوا سلطتهم سيقاتلون بكل قوتهم لاستعادتها. علينا أن نكون مستعدين.

أومأ كاي برأسه.

— نعم، سيفعلون. لكنني أعتقد أن ما فعلناه أكبر من أي مؤامرة يمكنهم تنظيمها. ما قدمناه للعالم هو رؤية، إثبات أنه بالجهد والعمل الجماعي وإرادة الناس، يمكن تحقيق إنجازات جيدة. يمكن بناء نظام عادل، حيث لا تتخذ القرارات المهمة القلة في غرف مغلقة، بل الجميع، من منازلهم، بنقرة واحدة.

تدخل أمادو، بتأمل عميق.

— ما يؤثر في نفسي أكثر هو كيف استجاب الناس. لفترة طويلة، كان الناس يعتقدون أنهم لا يملكون القوة، وأنهم يجب أن يتبعوا القوانين المفروضة من قبل الحكومات والنخب. ولكن الآن، أدرك الناس أن القوة في أيديهم، وأنهم معاً يمكنهم تغيير مجرى التاريخ. إنه شيء جميل.

— ولكن ليس بدون تضحيات — أضافت ليلى — لقد كسبنا أعداء أقوياء. ستكون هناك المزيد من التهديدات، المزيد من المحاولات لتخريب ما بنيناه. لكن التغيير لا مفر منه. الاحتجاجات السلمية التي تحدث في جميع أنحاء العالم هي علامة على ذلك. إنها ليست مجرد موضة عابرة. إنه استيقاظ عالمي.

مستقبل قيد النقاش

توجه كاي إلى دون كارلوس، الذي كان يراقب بصمت.

— ما رأيك، دون كارلوس؟ — سأل كاي —. هل فعلنا الشيء الصحيح؟

دون كارلوس، المرشد الذي قادهم منذ البداية، نظر إلى الشباب بفخر.

— ما فعلتموه هو أكثر الأشياء صحة التي رأيتها في حياتي — أجاب بابتسامة مليئة بالحكمة —. لقد خطوتم خطوة قلما يتجرأ أحد على اتخاذها. تحديتم الأقوياء، ليس بالعنف، بل بالأفكار. وهذا ما يرعبهم أكثر. الأفكار لها قوة أكبر من أي جيش. ما بدأتموه هنا، في هذه المجموعة الصغيرة، سيغير مجرى التاريخ إلى الأبد. وهذا، يا شبابي، لا يقدر بثمن.

أوماًليو بحزم.

‫ــ كان يستحق ذلك... كل هذا الخطر، كل هذا الجهد. هذا صحيح.

الفصل 35: مطاردة الإمبراطورية

كان عالم المخدرات وحشاً لا يشبع، يُدار من قبل رجل اسمه وحده كان يرعب حتى أجرأ الأشخاص: بيرتو ريفاس. كان زعيم عصابة يحكم من الظلال، معروفاً بقسوته وقدرته على البقاء متقدماً دائماً بخطوة على السلطات وأعدائه. كانت قصره، في أعماق غابات الأمازون، يبدو منيعاً. لكن "بلا حدود" كانوا يعرفون أنه لا يمكنهم الانتظار حتى يهاجمهم بيرتو أولاً. هذه المرة، سيكونون هم الصيادين.

بداية المهمة

كانت الليلة مظلمة، والغيوم الكثيفة تغطي القمر. الهواء في الأمازون كان مشبعاً بالرطوبة، وصوت الحيوانات الليلية كان الصوت الوحيد الذي يُسمع. ولكن على حافة الغابة، تحركت ستة شخصيات بصمت. كاي، لوكا، مالك، أمادو، ليو وتاهو وصلوا إلى قلب إمبراطورية بيرتو بهدف واحد: مواجهته وتغيير مصير تجارة المخدرات العالمية.

قال كاي وهو يتفحص الخريطة على جهازه الهولوغرافي: "نحن نقترب".

كان القصر على بعد كيلومتر واحد، محاطاً بنظام أمني يمكن أن يجعل أي فريق عسكري يتردد. لكن "بلا حدود" لم يكونوا جنوداً عاديين.

تاهو أكد قائلاً: "لقد عطَّلنا بالفعل الكاميرات الأمنية. لا يعلمون أننا هنا".

نظر لوكا حوله بحذر.

"حسناً. ليس لدينا الكثير من الوقت. بيرتو معتاد على السيطرة، لكن هذه الليلة، كل شيء سيتغير".

تقدموا بحذر، عابرين آخر حاجز من الأشجار قبل الوصول إلى القصر الضخم لبيرتو ريفاس. كانت الأضواء تضيء من الداخل، وكان الهيكل الضخم يبعث على الرهبة، لكن ذلك لم يوقف الفتيان. لقد كانوا يخططون لهذه اللحظة لعدة أشهر. كل التفاصيل كانت محسوبة بعناية.

داخل مخبأ الزعيم

في غرفة التحكم في القصر، كان بيرتو ريفاس يجلس على كرسيه الجلدي، محاطاً بشاشات تعرض صوراً حية لكل زاوية من ممتلكاته. كان واثقاً. لا أحد يمكن أن يدخل حصنه دون أن يُكتشف.

قال، وهو يرتشف من كأس الويسكي بينما يتحدث عبر الهاتف مع أحد شركائه: "الأعمال تسير بشكل جيد، كالعادة. الشحنات تصل في موعدها. إدارة مكافحة المخدرات ليس لديهم أي فكرة عما نفعله. إنهم لا يشكون حتى".

ولكن في نفس اللحظة، بدأت شاشات الأمن تتجمد واحدة تلو الأخرى، تاركة بيرتو في ظلام رقمي.

صاح بيرتو بغضب وهو ينهض على الفور: "ما الذي يحدث بحق الجحيم؟" استدعى فريقه الأمني عبر الراديو، لكنه لم يتلقَ أي رد. شيء ما كان خطأ كبيراً.

فجأة، بدأت أضواء القصر تنطفئ واحدة تلو الأخرى، تاركة غرفة التحكم في الظلام. سحب بيرتو سلاحه، كردة فعل عن سنوات من الارتياب وعدم الثقة.

"من هناك؟" صرخ، متوقعاً أن يستجيب فريقه. لكن لم يكن هناك أي رد.

ظهر صوت من الظلام.

"بيرتو ريفاس، كنا في انتظارك".

استدار بيرتو بسرعة، لكنه لم يرَ أحداً. فقط ظلال تتحرك حوله.

"من أنت؟ أظهر نفسك!" قال بغضب وارتباك.

المواجهة

في تلك اللحظة، عادت الأضواء، ووجد بيرتو نفسه محاطاً بأعضاء "بلا حدود" الستة. كل واحد منهم كان ينظر إليه بهدوء، ولكن بحدة جعلته يشعر بالخوف الحقيقي لأول مرة منذ سنوات.

تقدم كاي، قائد المجموعة، خطوة إلى الأمام.

"هذه" سأل بابتسامة باردة. "هل كنت تتوقع أن نكون نحن المطاردين، بيرتو؟ المرة، أنت من في المرمى".

بيرتو، متوتراً ولكنه لا يزال متحدياً، رفع مسدسه موجهاً مباشرةً نحو كاي.

قال بيرتو بتحدٍ: "تعتقدون أنني لا أعرف من أنتم؟ أنتم مجموعة من المثاليين.

"تظنون أنكم يمكنكم تغيير العالم، لكنكم لا تعرفون كيف يعمل.

ضحك أمادو ضحكة جافة.

"وأنت تعتقد أنك تعرف كيف يعمل العالم، بيرتو؟ أنت فقط تعرف كيف تتحكم

"بالناس، كيف تزرع الخوف. لكن وقتك انتهى.

شد بيرتو على أسنانه، لا يزال مسدسه مرفوعاً.

"ماذا تريدون؟ المال؟ السلطة؟ إذا كان هذا ما تريدونه، يمكنكم الحصول

"عليه. أي شيء ترغبون به. لكن لا تظنوا أنكم ستغلبونني.

مالك، الذي كان صامتاً حتى تلك اللحظة، أخرج جهازاً لوحياً من حقيبته

ورفعه. ظهرت على الشاشة بث مباشر. كانت ابنة بيرتو، طفلة في الخامسة من

عمرها، تلعب في حديقة تحت حراسة أحد الحراس.

اتسعت عيون بيرتو، والخوف الآن واضح على وجهه.

"كيف...؟ لا أحد يعرف أن لدي ابنة..." تلعثم، صوته مرتجف، على عكس

الثقة التي تحدث بها قبل دقائق.

تقدم كاي خطوة أخرى، صوته هادئ لكنه حازم.

"نحن نعرف كل شيء، بيرتو. نعرف كيف تتحرك، من ترشي، كيف تحافظ

"على عائلتك خارج الرادار. لكننا لسنا مثلك. نحن لا نؤذي الأبرياء.

ابتلع بيرتو ريقه، وعرقه يتصبب من جبهته. خفض سلاحه، مدركاً أنه ليس

لديه مخرج.

"ماذا تريدون مني؟"

أجاب ليو، وهو الأكثر براغماتية في المجموعة:

"نريدك أن تتقاعد. أن تُغلق إمبراطوريتك في غضون ثلاث سنوات. وسنتأكد

"من أنك ستفعل.

ضحك بيرتو بمرارة، ولكن كانت ضحكته خالية من الأمل.

"التقاعد؟ عن ماذا تتحدثون؟ عملي أكبر منكم. لا يمكنكم إيقاف شيء كهذا."

ابتسم تاهو وألقى حقيبة صغيرة على الطاولة.

ترى ذلك؟" قال. "هذه هي بطاقتنا الرابحة. ليبريكس. إنه مخدر، بمجرد أن يتناوله الشخص، لن يعود لديه الرغبة في تجربة أي نوع من المخدرات مرة أخرى. لقد طورناه لتدمير سوقك من الداخل".

نظر بيرتو إلى الحقيبة، غير مصدق.

"ما... ما هذا؟ هل هذه مزحة؟"

هز كاي رأسه.

"لا، بيرتو. هذه هي الحقيقة. سنوزع هذا المخدر في كل أنحاء العالم. سنخلطه مع بضاعتك. في وقت قصير، سيتوقف مستهلكوك عن الاستهلاك، وإمبراطوريتك ستنهار. لكننا نقدم لك شيئاً في المقابل".

اقترب مالك منه بابتسامة ماكرة.

"كل ما تملكه في الملاذات الضريبية. سنعيده لك. لكن بالمقابل، ستدمر عملك بنفسك. لا أحد يحتاج إلى أن يموت. ستتقاعد، وسنتركك وشأنك".

بقي بيرتو صامتاً، ينظر إلى كل واحد منهم. كان يعرف أنهم لا يمزحون. كان يعرف أن هؤلاء الشباب قادرون على تدميره.

"وماذا لو لم أقبل؟" سأل أخيراً، بصوت أكثر هدوءاً، شبه مستسلم.

اقترب كاي منه، ناظراً مباشرة في عينيه.

"إذاً، سنتأكد من أنك ستخسر كل شيء. نعرف كيف نجد أي شخص. وإذا لم تقبل بعرضنا، فلن يكون هناك مكان في العالم تستطيع الاختباء فيه".

أغمض بيرتو عينيه، مدركاً أنه قد هُزم. لم يشعر قط بهذا القدر من الخوف في حياته. لأول مرة، أدرك أنه لم يكن محصناً.

"حسناً" همس بصوت منخفض. "أوافق".

نهاية الإمبراطورية

في الأشهر التالية، راقبت "بلا حدود" بيرتو وإمبراطوريته عن كثب. بدأت توزيع ليبريكس، وشيئاً فشيئاً، بدأ سوق المخدرات العالمي بالانهيار. توقف المستهلكون عن الشعور بالرغبة في الاستهلاك. بدأت العصابات، دون طلب، بفقدان القوة. تجارة المخدرات، التي كانت تهديداً كبيراً للسلام العالمي، بدأت بالتلاشي.

أما بيرتو، فقد وفى بوعده. تقاعد بصمت، دون أن يلفت الانتباه. إمبراطوريته، التي كانت تخيف الجميع، اختفت في غضون سنوات.

لكن شباب "بلا حدود" كانوا يعرفون أن الحرب لم تنتهِ بعد. رغم أنهم انتصروا في هذه المعركة، كانوا يعلمون أن المزيد من الأعداء سيظهرون، وأن التحديات ستستمر. لكنهم كانوا مستعدين. سيكونون دائماً كذلك.

كانوا يعرفون أن التغيير لا يتحقق

الفصل 36: لعبة الظلال

حل الليل على نيو أورلينز، ليغمر المدينة بوشاح من الغموض. أضواء البنك المركزي تومض، مسلطة ظلالًا طويلة تتراقص على الواجهة. كانت المحققة مافريك تراقب من سيارتها، وعيونها ضيقة وفكها مشدود. لقد أمضت سنوات في ملاحقتهم. لم يكن "بلا حدود" مجرمين عاديين. سرقاتهم لم تترك أثراً أو دلائل. ولكن مافريك كانت تعرف في قرارة نفسها أنهم كانوا وراء الضربة الجريئة للبنك المركزي في نيو أورلينز. كان كل شيء في غريزتها يصرخ بأنهم مذنبون.

أمضت ساعات في مراجعة التسجيلات القديمة وتحليل التقارير، لكن دون جدوى. كانت إحباطاتها تتزايد. على الرغم من الأعمال الخيرية التي بدوا أنهم يقومون بها، إلا أنهم بالنسبة لها ظلوا مسؤولين عن جريمة. كان الأولاد الستة الذين يقودون المجموعة مجرد أشباح؛ لكن هذه المرة، لن يستطيعوا الهرب.

فجأة، صوت محرك أيقظها من أفكارها. توقفت سيارة سوداء أمام سيارتها، وخرج كاي، يتبعه الآخرون الخمسة، بهدوء. كانوا يرتدون أقنعة بيضاء مميزة تغطي وجوههم. لكن هذه المرة، لم يبدُ أنهم يحاولون الاختباء.

خرجت مافريك من سيارتها وواجهتهم. كانت تعلم أن هذه فرصتها.

ـ "أخيراً، خرجت الجرذان من جحورها"، قالت بابتسامة ساخرة.

تقدم كاي. كان صوته هادئاً، ولكنه حازم.

ـ "أنت تعلمين أننا من فعلناها، أليس كذلك؟ سرقة البنك"

نظرت إليهم مافريك بغضب مكبوت.

ـ "ليس لدي دليل، لكنني أعلم. كنت دائماً أعلم"

عقد أمادو ذراعيه وابتسم.

ـ "ماذا لو قلنا لكِ أننا نحن من سرق البنك المركزي في نيو أورلينز".

شدت مافريك قبضتيها، مستعدة للتحرك.

ـ "هذا كل ما كنت بحاجة لسماعه. الآن أنتم معتقلون".

تقدم كاي خطوة إلى الأمام، مقاطعاً تقدمها.

ـ "انتظري، لم ننتهِ بعد. نعم، سرقنا البنك، ولكن أخبريني شيئاً، محققة. هل فعلنا الخير أم الشر؟"

ـ "بالطبع فعلتم". ردت بغضب. "لقد سرقتم ملايين الدولارات! الشر!"

ابتسم كاي قليلاً ونظر في عيني مافريك.

ـ "وماذا لو قلت لكِ أنه بفضل تلك الأموال، أنقذنا آلاف الأرواح؟" والدتكِ، على سبيل المثال. هل كنتِ تعرفين أنها كانت تعاني من مرض نادر كان على وشك أن يقتلها؟"

ظلت مافريك صامتة. كانت والدتها مريضة بشكل خطير منذ سنوات، لكن بطريقة غير متوقعة، ظهر علاج ثوري وتعافت.

ـ "لا... لا يمكن أن يكون"، تمتمت مافريك.

ـ "ذلك العلاج تم تطويره بفضل أبحاثنا في شركاتنا"، شرح مالك، محدقاً في المحققة. "بفضل تلك الأموال، استطعنا الاستثمار في تقدم طبي أنقذ حياتها. هل ما زلتِ تظنين أنه كان عملاً شريراً؟"

شعرت مافريك بمزيج من الغضب، والارتباك، والامتنان. هل يمكن أن يكون صحيحاً؟ هل هؤلاء الأولاد الذين طاردتهم لسنوات قد أنقذوا والدتها؟ أخرج كاي بطاقة ممغنطة من جيبه وقدمها لها.

ـ "هذه". قال بصوت هادئ لكن قوي. "ها هي الدليل الذي تحتاجينه"، البطاقة تمنحكِ الوصول إلى كل معلومات سرقة البنك المركزي. ولكنها ليست لإدانتنا. إنها لتكشفي رئيسكِ. هنا، توجد الوثائق والتحويلات التي تثبت أكبر فساد في هذا البلد. لقد بنى ثروة شخصية بينما ينهار شعبه. استخدمي هذه المعلومات للقبض على المجرمين الحقيقيين".

أخرج ليو صندوقاً صغيراً من المخمل من سترته وقدمها لمافريك.

ـ "وهذا"، قال وهو يفتح الصندوق ويكشف عن زوج من الألماس اللامع. "نتركه لكِ للقيام بعمل اجتماعي. لمساعدة أهل هذا البلد. لأننا نعلم أنك تهتمين".

أخذت مافريك الألماس ونظرت بصمت. كانت أفكارها مليئة بالشكوك، ولكن كان هناك شيء واحد مؤكد: هؤلاء الأولاد لم يكونوا مجرد لصوص كما كانت تتخيل.

ـ "لماذا تفعلون كل هذا؟" "لماذا؟" سألت أخيراً.

تنهد كاي وأجاب.

ـ "في بعض الأحيان، لمحاربة اللصوص الحقيقيين، عليك أن تصبح واحداً. كما يقولون: 'من يسرق من سارق له مائة عام من المغفرة'. نحن لا نفعل ذلك من أجلنا، مافريك. نفعلها من أجل الناس الذين لا يسمعهم أحد، من أجل الذين يعانون. لقد أصبحنا أصحاب

ثروة، ولكننا استخدمنا كل شيء لإنقاذ الأرواح، لتمزيق الحدود وللكشف عن الفساد. الآن، الأمر بيدك لتقرري ماذا تفعلين بهذه المعلومات".

سكن الصمت المكان بينما كانت مافريك تعالج كل ما سمعته للتو. طوال سنوات طاردتهم، مقتنعةً أنهم كانوا الأشرار. ولكن الآن، أمامها، لم ترَ مجرمين. رأت أبطالاً يعملون في الظلام، يقومون بما لا تستطيع الحكومات والمؤسسات فعله أو ما لا تريد فعله.

اتخذ كاي خطوة أخيرة نحوها، مقدماً عرضاً سيغير حياتها للأبد.

ـ "نحن نريدكِ أن تعملي معنا، محققة. أنت ذكية، شجاعة وعادلة. نقدرِك كثيراً. معاً، يمكننا أن نفعل الخير أكثر مما تخيلتِ يوماً".

نظرت مافريك في عيونهم، واحداً تلو الآخر. أدركت أنها كانت تعلم دائماً في قرارة نفسها أن هناك شيئاً أكبر وراءهم. العدالة التي كانت تسعى إليها لم تكن بهذه البساطة. الآن كان لديها الفرصة لتكون جزءاً من شيء أكبر بكثير.

ـ "حسناً"، قالت أخيراً، وهي تضع البطاقة والألماس في جيبها. "لكن هناك شيء تحتاجون لفهمه. إذا عملتم معي، فإننا نلعب بشكل نظيف. لا مزيد من السرقات".

ابتسم كاي.

ـ "نعدك. لم نعد بحاجة إلى السرقة. الآن نلعب لعبة مختلفة".

وهكذا، تغير مصير مافريك إلى الأبد.

الفصل 37: نظام جديد

لأول مرة في التاريخ، أشرقت شمس العدالة على العالم. امتلأت شوارع واشنطن وجميع مدن الولايات المتحدة بالناس. لم تكن هناك فروق بين الأعراق أو الأعمار أو الطبقات الاجتماعية. حتى القطط والكلاب انضمت إلى المسيرة، وكأنها تدرك أن شيئًا هامًا يحدث في ذلك اليوم. الخوف الذي كان يرافق الناس العاديين تلاشى، وأصبح السياسيون لأول مرة هم الذين يشعرون ببرودة عدم اليقين.

رئيس الولايات المتحدة، الذي كان يومًا قويًا وحليفًا لأصحاب النفوذ الخفي، تم تقييده وأحيل إلى العدالة. لم تعد هناك حصانة، ولم تعد هناك امتيازات. ما بدأ كحلم يوتوبيا مشتركة من قبل قلة، تحول إلى ثورة عالمية. أولئك الذين كانوا يحكمون الأمم بسلطة تلاشى نفوذهم كالغبار في الرياح. كلمة "رئيس" لم تعد موجودة. الآن، أصبحت الدول تُدار من قبل الشعب، من أجل الشعب. أنت، أنا، الجار... كلنا أصبحنا الرئيس.

من خلال التصويت عبر الإنترنت، كانت القوانين تُقرر مباشرة من قبل الشعب. لم يعد هناك وعود فارغة، ولا زعماء بعيدين عن الواقع. الجميع شاركوا في خلق عالم أكثر عدلاً. السلطة التي كانت بيد القلة تم توزيعها على قلوب الجميع.

ظهرت عشر قوانين جديدة، بسيطة وواضحة وعادلة:

1. التصويت المباشر والعالمي: لكل مواطن الحق والمسؤولية في التصويت عبر الإنترنت على أهم قرارات البلاد، باستخدام بصمته وبياناته البيومترية، لمنع أي تزوير.

2. الشفافية الكاملة: كل إجراء حكومي، من الميزانيات إلى القرارات الصغيرة، يجب أن يكون متاحًا لأي مواطن في الوقت الحقيقي، لضمان النزاهة والوضوح في الإدارة العامة.

3. حد السلطة: لا يمكن لأي مدير أو مسؤول البقاء في منصبه لأكثر من خمس سنوات. التغيير يضمن الحيوية ويمنع استغلال السلطة.

4. المساواة في الأجور: في القطاع العام، لا يمكن لأي مسؤول أن يكسب أكثر من خمسة أضعاف الحد الأدنى للأجور. هذا يقلل من التفاوت ويشجع على التقشف.

5. المشاريع العامة بالقرعة: لا يمكن لأي مسؤول أو عائلته الفوز بعقود حكومية. يتم منح جميع المناقصات بالقرعة العامة لتجنب الفساد.

6. التعليم العالمي: يتم تحديد لغة عالمية ليتم تعلمها في جميع المدارس حول العالم، لتعزيز التواصل والتفاهم بين جميع الأمم.

7. الصحة المضمونة: يحق لكل مواطن الوصول إلى نظام صحي مجاني ومتقدم، يستخدم أحدث التقنيات في التشخيص والعلاج.

8. العملة العالمية الموحدة: يتم العمل على تنفيذ عملة عالمية موحدة، لإزالة الحواجز التجارية والاقتصادية، وتسهيل التجارة والتعاون بين البلدان.

9. المحاسبة الإلزامية: يجب على كل مسؤول الخضوع لتقييم سنوي من قبل المواطنين. إذا لم يستوفِ معايير الشفافية والكفاءة، يتم إقالته من منصبه.

10. حماية البيئة: يجب أن توافق لجنة مواطنين متخصصين في البيئة على جميع قرارات التنمية الصناعية والحضرية، لضمان عدم تضرر كوكب الأرض من التقدم.

"أجمل قانون"

العالم كان يتغير، ليس فقط في طريقة الحكم. كان مشروع طموح جديد ينمو في قلوب الجميع: عملة عالمية موحدة. التقسيم الاقتصادي الذي قسم الكوكب لقرون سيُستبدل بعملة واحدة يتشاركها جميع الدول. ستتدفق التجارة دون عوائق، وستتلاشى الحدود أكثر فأكثر، لتوحد البشرية تحت هدف واحد.

بالإضافة إلى ذلك، بدأت حقبة جديدة من التعليم في المدارس. تم تعليم لغة عالمية في كل مكان. كل طفل، بغض النظر عن مكان ولادته، سيعرف هذه اللغة المشتركة، برؤية أنه في مستقبل غير بعيد، سيتمكن الجميع من التحدث بلغة واحدة. ليس كبديل عن ثقافاتهم، بل كجسر يوحد قلوبهم.

الأديان، التي قسمت الناس لفترة طويلة، وجدت هدفًا جديدًا. مرة واحدة في السنة، يجتمع الجميع في صلاة من أجل السلام، حيث يحتفل المسلمون، والمسيحيون، واليهود، والبوذيون وجميع الديانات الأخرى بوحدة البشرية. التنوع الديني، بدل أن يكون مصدرًا للنزاع، أصبح رمزًا للأمل.

أصبحت الشوارع أكثر هدوءًا. النظرات التي كانت مليئة بالريبة والخوف تحولت إلى ابتسامات وتحية. لم يعد المستقبل غامضًا أو مظلمًا؛ المستقبل، ولأول مرة، أصبح ملكًا للجميع. كان هناك طريق طويل أمامنا، لكن الرحلة قد بدأت. "بلا حدود"، برؤيتهم الجريئة، أطلقوا تغييرًا لم يكن يتصوره إلا القليلون.

لم يكن من السهل بناء هذا العالم الجديد. كانت هناك تحديات لا تزال أمامنا. لكن الآن، الناس لم يعودوا يمشون بمفردهم. كلهم أصبحوا مدراء، كلهم أصبحوا سادة مصيرهم، والجميع عرف أن السلطة لم تعد بيد قلة، بل بيد كل إنسان على الأرض. كان الهواء يهب بنسيم حقبة جديدة، ومعه صدى الملايين من الأصوات متحدة بهدف واحد: السلام، والعدالة، والحرية.

لقد تغير العالم. وهذه المرة، للأبد.

هَلْ بَدَأَ فَجْرٌ جَدِيدٌ لِلْبَشَرِيَّةِ، لَحْظَةً فِيهَا أَدْرَكَ الْعَالَمُ أَنَّ الْحُدُودَ هِيَ فَقَطْ نُدُوبٌ عَلَى الْأَرْضِ، تَفَرُّقَاتٌ غَيْرُ ضَرُورِيَّةٍ خَلَقَهَا الْإِنْسَانُ. حَقُّ السَّفَرِ، التَّحَرُّكِ بِحُرِّيَّةٍ

بِلَا قُيُودٍ وَلَا مَخَاوِفٍ، أَصْبَحَ قَانُونَا جَمِيلًا وَمُشْرِقًا. الْآنَ، الْحُدُودُ الْوَحِيدَةُ كَانَتْ السَّمَاءَ، وَالْأَرْضُ أَصْبَحَتْ مِلْكًا لِلْجَمِيعِ. لَمْ يَكُنْ هُنَاكَ حَاجَةٌ إِلَى جَوَازِ سَفَرٍ، لِأَنَّ هُوِيَّةَ كُلِّ إِنْسَانٍ تُسَجَّلُ بِيُسْرٍ وَبِدُونِ إِجْرَاءَاتٍ بُيُوقْرَاطِيَّةٍ. لَكِنَّ تِلْكَ الْحُرِّيَّةَ لَمْ تَكُنْ مُطْلَقَةً؛ فَمَنْ يَرْتَكِبُ جَرِيمَةً جَسِيمَةً تُحَدَّدُ عُقُوبَتُهُ قَبْلَ أَنْ يَسْتَعِيدَ حُرِّيَّتَهُ.

كَانَتْ الْمُدُنُ فِي جَمِيعِ أَنْحَاءِ الْعَالَمِ مُرَاقَبَةً، وَلَكِنْ لَيْسَ بِعَيْنِ الْحُكُومَةِ الْمُسْتَبِدَّةِ، بَلْ مِنْ خِلَالِ "رَقَابَةٍ عَادِلَةٍ"، شَبَكَةٍ مِنَ الْكَمِيرَاتِ تُدِيرُهَا ذَكَاءٌ اِصْطِنَاعِيٌّ أَخْلَاقِيٌّ وَمُتَقَدِّمٌ. غَرَضُهَا لَيْسَ التَّجَسُّسُ أَوِ الْقَمْعُ، بَلْ الْوِقَايَةُ. كُلَّمَا كَانَ أَحَدُهُمْ عَلَى وَشَكِ اِرْتِكَابِ جَرِيمَةٍ، تُطْلِقُ الذَّكَاءُ الِاصْطِنَاعِيُّ إِنْذَارًا وَصَوْتًا قَوِيًّا يُنَبِّهُهُ لِلتَّرَاجُعِ. بِذَلِكَ، كَادَتِ الْجَرَائِمُ أَنْ تَزُولَ. أَصْبَحَتِ الْمَدِينَةُ أَمَانًا، وَكَأَنَّهَا مَدِينَةٌ فِي الْيُوتُوبِيَا.

ثَلَاثُ قَوَانِينٍ كَانَتْ دَعَائِمَ هَذَا الْمُجْتَمَعِ الْجَدِيدِ:

1. لَا سَرِقَةَ: الثَّرْوَةُ مُوَزَّعَةٌ بِحَيْثُ أَنَّهُ لَا حَاجَةَ لِأَحَدٍ أَنْ يَسْرِقَ لِيَعِيشَ. تَوَفَّرَتِ الِاحْتِيَاجَاتُ الْأَسَاسِيَّةُ لِلْجَمِيعِ.

1. لَا جُوعَ: كَانَ الْغِذَاءُ حَقًّا لَا يُنَازَعُ. تُنْتِجُ الْأَرْضُ مَخْصُوصًا لِإِطْعَامِ الْجَمِيعِ، وَالْهَدَرُ مَمْنُوعٌ.

1. لَا تَشْرِيدَ: كَانَتِ الْمَسَاكِنُ حَقًّا لِلْجَمِيعِ، وَإِنَّمَا كَانَتْ بِنَاءً لِلْمُجْتَمَعِ.

وَإِضَافَةً إِلَى هَذِهِ الثَّلَاثَةِ قَوَانِينٍ، جَاءَ قَانُونٌ رَابِعٌ:

1. لَا حُرُوبَ: مُنِعَتْ جَمِيعُ أَنْوَاعِ الْعُنْفِ الْمُنَظَّمِ بَيْنَ الْأُمَمِ. تُحَلُّ النِّزَاعَاتُ بَيْنَ الدُّوَلِ بِالْحِوَارِ وَالْعَقْلَانِيَّةِ.

كَانَتْ هَذِهِ الدُّسْتُورُ الْجَدِيدُ مُلْهِمَةً لِحَيَاةٍ جَدِيدَةٍ. وَكَانَتِ الْأَخْلَاقُ لَيْسَتْ مَوْضُوعًا لِلنِّقَاشِ بَيْنَ الْإِيدِيُولُوجِيَاتِ، وَلَكِنْ تَمَثِّلُ حَقِيقَةً بَسِيطَةً: رَفَاهِيَةُ الْإِنْسَانِ وَالطَّبِيعَةِ فَوْقَ كُلِّ شَيْءٍ.

وَبِذَلِكَ، أَصْبَحَ الْعَالَمُ مَسْؤُولِيَّةَ الْجَمِيعِ. أَزَالَ "نَحْنُ" كُلَّ التَّفْرِيقِ بَيْنَ "أَنَا" وَ"هُمْ"، حَتَّى أَصْبَحَتِ الْبَشَرِيَّةُ جَمِيعُهَا مُتَّحِدَةً.

كَانَتِ الرِّسَالَةُ الْأَخْلَاقِيَّةُ وَاضِحَةً: عِنْدَمَا يُقْدِرُ الْإِنْسَانُ أَنْ يَتَفَكَّرَ بِالْعَالَمِ كَأَنَّهُ جُزْءٌ مِنْ نَفْسِهِ، فَإِنَّهُ يَبْدَأُ تَطَوُّرًا حَقِيقِيًّا.

فِي نِهَايَةِ الْمَطَافِ، كَانَتِ الْعَدَالَةُ طَرِيقَةً لِلْحَيَاةِ، وَالنَّصْرُ الْحَقِيقِيُّ لِلْبَشَرِيَّةِ.

الفصل 39: العودة إلى الوطن

لقد تغيّر العالم. المدن التي كانت يومًا شاهدةً على المواجهات، والقصف، والنزوح القسري، كانت تشهد الآن نهضةً جديدة. سكان تلك الأراضي، الذين عاشوا لسنواتٍ كلاجئين في دولٍ بعيدة، الآن يشعرون بنداء أوطانهم. لقد انتهت النزاعات التي اقتلعتهم من جذورهم، وفسحت المجال للسلام وإعادة الإعمار.

امتلأت محطات القطار والمطارات بوجوهٍ يملؤها الحماس. عائلات بأكملها، بعد عقودٍ من المنفى، بدأن رحلة العودة. لم يكونوا بحاجةٍ لأمتعةٍ ثمينة، بل حملوا معهم الذكريات، والجروح غير المرئية، والأمل المتجدد في مستقبلٍ أفضل. سمحت التكنولوجيا بإعادة إعمار أراضيهم بسرعةٍ وفعالية، وفي كثيرٍ من الحالات، كانت أكثر ازدهارًا من ذي قبل.

في السهول القاحلة التي كانت سابقًا ساحات معارك، الآن تزدهر الحقول الزراعية. المنازل التي دُمّرت استُبدلت بمنازل دافئة ومستدامة، بُنيت بأحدث التقنيات البيئية، لكنها حافظت على التصميم التقليدي الذي افتقدوه. وكأن الماضي والمستقبل قد اندمجا في سيمفونيةٍ مثالية.

كانت امرأةٌ في منتصف العمر تمشي في الشارع الرئيسي للبلدة التي كانت يومًا بلدتها، والتي أُعيد إحياؤها الآن. كل شيء بدا مألوفًا ومختلفًا في الوقت نفسه. الشوارع التي كانت يومًا مليئة بالحواجز والخوف، أصبحت الآن مساحات للعب الأطفال. الأشجار التي كانت قد اقتلعتها نيران الحرب، عادت لتظلل المارة. في نهاية الشارع، رأت المتجر القديم لوالدها، وقد أُعيد ترميمه، مع لافتةٍ كتب عليها "مرحبًا بكم من جديد".

إلى جانبها، كان رجلٌ مسن، بجلدٍ متجعد من سنين المنفى والإرهاق، يراقب الأفق بصمت. كان يحمل معه كيسًا صغيرًا من التراب الذي احتفظ به منذ أن غادر وطنه، قبل سنواتٍ عديدة. دون أن ينطق بكلمة، انحنى، فتح الكيس، ونثر التراب على الأرض. رفعته الرياح برفق، وكأن الماضي يحيي الحاضر.

على قمة تلة، كانت مجموعة من الشباب يراقبون المشهد، المشهد نفسه الذي وصفه لهم آباؤهم في قصص مليئة بالشوق والحنين. لكن بالنسبة لهم، لم تكن عودة، بل كانت وصولاً. كانوا أبناء المنفى، يعرفون تلك الأراضي فقط من خلال القصص والصور الباهتة. والآن، لأول مرة، يرون بأعينهم المكان الذي يطلقون عليه اسم "الوطن".

كان الصمت عميقًا، لا يقطعه سوى نسيم خفيف وصوت الأغصان تحت أقدام الذين يسيرون في تلك الأراضي. لم يتحدث أحد كثيرًا، بدت الكلمات غير ضرورية. فعل العودة ذاته، كان كافيًا.

ومع عودة المزيد من المواطنين إلى أوطانهم، التي تحررت من الديكتاتوريات والصراعات، بدأ العالم بالشفاء. الأعداء القدامى كانوا يتبادلون التحية باحترام، والشعوب تتعاون فيما بينها. الحرب، التي كانت قد عرّفت حياة الكثيرين، أصبحت ذكرى بعيدة، وعبرة لما يجب أن لا يعود أبدًا.

لم تكن رحلة العودة مجرد رحلةٍ جسدية. كانت عودةً إلى جوهر الإنسانية، إلى ما يعنيه العيش بسلام، في مجتمعٍ، في وئام.

كان صمت تلك اللحظات بليغًا مثل أي خطاب: السلام لا يُفرض، بل يُزرع، يُبنى، وعندما يزهر، لا رجوع للوراء.

ومع غروب الشمس في الأفق، ملونًا السماء بألوانٍ دافئة، كان العالم يستعد لفجرٍ جديد.

الفصل 40: منزل جديد

بعد سنوات من المغامرات والتحديات والتغييرات الثورية في العالم، وجد الفتيان والفتيات من "أخوة بلا حدود" أخيرًا السلام الذي سعوا إليه طويلًا. كاي، أمادو، لوكا، ليو، تاهو، مالك، والفتيات في الفريق، تحولوا من مجموعة شباب بأفكار متمردة إلى عائلة حقيقية. ومع مرور الوقت، تعززت روابطهم، ورغم أن العالم يقدرهم كأبطال، قرروا الانسحاب بعيدًا عن الأضواء.

اختاروا مكانًا بعيدًا، بعيدًا عن المدن الكبيرة وشبكات التواصل العالمية التي ساعدوا كثيرًا في بنائها. في عمق غابة، بجانب بحيرة صافية، بنوا منزلهم، مجتمعًا صغيرًا حيث تسير الحياة بطريقة بسيطة ومتجانسة.

نظر ليو إلى الجبال في الأفق، وابتسم بمزيج من الحنين والارتياح. "هل تتذكرون عندما بدأ كل هذا؟" قال بينما يمرر يده على خشب الطاولة الذي نحته بيديه.

أومأ كاي، جالسًا على شرفة الكابينة الرئيسية، وقدماه حافيتان على الأرض. "من المستحيل نسيان ذلك. كنا مجرد أطفال نلعب كرة السلة، نحلم بتغيير العالم. وحققنا ذلك، بطريقة أو بأخرى".

أضاف لوكا، دائمًا الأكثر تفكيرًا، وهو يحتسي الشاي: "العالم هناك مختلف كثيرًا الآن. شاهدنا سقوط الطغاة، واختفاء الحدود، واستقرار السلام في أماكن كان يعمها الصراع سابقًا. ومع ذلك، هنا، في هذا الركن من العالم، أشعر بالسلام أكثر من أي وقت مضى".

أمادو، الذي كان يُصلح سياجًا بالقرب من الحديقة، ابتسم بسخرية. "ويا للسخرية، أن كنا في وقت من الأوقات يعتبروننا مجرمين. هل تتذكرون المحققة مافريك؟ من المدهش أنها انتهت بالعمل لصالحنا".

تاهو، الذي كان يطهو في المدفأة بجانب مالك، رفع رأسه وأضاف بابتسامة: "نعم، حسنًا، العالم كان دائمًا مقلوبًا. لكننا وجدنا طريقة لقلبه مرة أخرى، للقيام بالأشياء بطريقتنا".

كان الشمس تغرب، والسماء تتلون بألوان البرتقالي والوردي. انضمت الفتيات إلى المجموعة، يحملن سلال مليئة بالفواكه التي جمعنها من الغابة. نيا، التي كانت دائمًا قلب المجموعة، جلست بجانب كاي، الذي ابتسم وأخذ يدها بمحبة.

"كل ما حققناه... هو أكثر مما كنت أتخيل أبدًا"، قالت نيا، بلمعان في عينيها.

وافقها كاي، قائلًا: "ونحن فعلناها معًا. هذا هو الأهم. لقد أنشأنا شيئًا أكبر منا، والآن يمكننا أن نستمتع بهذا السلام، مع العلم أن العالم يستمر في مساره".

اقتربت أليشيا، الأصغر في المجموعة، بوجه متفكر. "هل لم تساءلتم يومًا ما الذي سيحدث إذا عدنا إلى الحضارة؟ إذا خرجنا من هذه الفقاعة، ماذا سنجد هناك؟"

نظر إليها ليو بلطف. "العالم هناك لا يزال كما هو. لا تزال هناك مشاكل، ولا تزال هناك تحديات. لكن الآن لدى الناس المزيد من الأدوات، والمزيد من الأمل. لقد أظهرنا لهم الطريق، والآن تقع عليهم مسؤولية المتابعة. هنا، وجدنا ما كنا نبحث عنه".

أمادو، دائمًا بعقليته العملية، أضاف: "ليس لأننا هربنا. بل اخترنا أن نعيش بطريقة تجعلنا سعداء. لسنا بحاجة لأن نكون في مركز الأحداث لنعرف أننا ما زلنا نحدث فرقًا".

تدخل مالك: "لقد قدمنا كل ما لدينا. والآن جاء دورنا لنكون سعداء، نستمتع بهذه الحياة البسيطة، نربي أطفالنا بسلام، نعلمهم ما نعرفه، وندع العالم يسير في مساره".

كان صوت الرياح بين الأشجار وتدفق الماء الخفيف من البحيرة يبعث على السكينة التي يصعب وصفها. ابتعدوا عن الأضواء، لكنهم يعلمون أن تأثير أعمالهم سيستمر إلى الأبد.

في تلك الليلة، جلسوا حول النار، كما فعلوا مرات عديدة، يتبادلون القصص والضحكات. نظر كاي إلى أصدقائه، عائلته، وأدرك في تلك اللحظة أنه لن يغير شيئًا مما فعلوه. كل شيء كان يستحق العناء.

رفع ليو كأسه. "لأجلنا، لأجل ما حققناه، ولأجل ما سنظل دائمًا: أخوة بلا حدود".

رفع الجميع كؤوسهم وقاموا بالنخب. كانت النار تتراقص، والقمر يضيء وجوههم، وصوت الغابة يغمر مجتمعهم الصغير. هناك، بعيدًا عن ضوضاء العالم، وجدوا منزلهم. وكانوا يعلمون أنه، مهما حدث، سيظل دائمًا موجودًا.

حكت نيا، وهي تربت على بطنها حيث ينمو طفلها الأول، نظرت إلى كاي وهمست: "لم أكن أستطيع أن أتخيل مكانًا أفضل لبداية حياتنا الجديدة".

ابتسم كاي واحتضنها، وهو يعلم أن المستقبل الذي ينتظرهم، رغم كونه مجهولًا، سيكون رائعًا، لأنهم سيعيشونه معًا، بعيدًا عن الفوضى، ولكن بسلام وهم يعلمون أنهم تركوا العالم أفضل مما وجدوه.

وهكذا، في تلك المجتمع الصغير، في ذلك الركن البعيد من العالم، وجدت "أخوة بلا حدود" السلام، ليس فقط مع العالم، بل مع أنفسهم.

ها هو الفصل 41: إرث الأخوّة

مرت سنوات منذ أن تقاعد أعضاء "أخوّة بلا حدود" ليعيشوا حياة هادئة في الغابة. لكن تأثير أفعالهم ظل يتردد في جميع أنحاء العالم. لقد تغيرت المجتمعات، مستوحاة من أفكارهم، بطرق لا يمكن تخيلها. أصبحت الأنظمة السياسية أكثر شفافية، وأصبحت التكنولوجيا تُستخدم للخير العام، وبدأ مفهوم الحدود المادية والعقلية يختفي. كانت البشرية تعيش في عصر جديد، وكانوا هم المحفّز لذلك.

ولكن، كما هو الحال في الحياة، جلبت التغيرات تحديات جديدة.

في إحدى أمسيات الصيف، بينما كان الجميع مجتمعين حول النار، سُمع إنذار في الأجهزة التي كانوا يستخدمونها للبقاء على اتصال مع العالم الخارجي. كان لوكا، المعروف بفضوله، هو من تفقد الرسالة وعبس. قال: "يبدو أن شيئًا كبيرًا يحدث في المدن. هناك قوة جديدة تسيطر على الأمور، ولا يبدو أنها خيّرة"

نظر كاي، القائد الهادئ، إلى صديقه بقلق وسأل: "ماذا تقصد؟ ظننت أننا تركنا العالم في أيدٍ أمينة"

أجاب لوكا، وهو يقرأ البيانات التي ظهرت على شاشته: "هناك منظمة سرية تتسلل إلى أنظمة الحكم. يبدو أنهم يسيطرون على القرارات من الظلال، مستغلين التكنولوجيا التي ساعدنا في بنائها"

نهض أمادو، مشغول الفكر وقال بقلق: "كنا نعلم أن شيئًا كهذا قد يحدث. لا يمكننا التحكم فيما يفعله الناس بإرثنا"

ثم تدخل تاهو بهدوئه المعهود وقال: "صحيح، لكن لا يمكننا الوقوف مكتوفي الأيدي. إذا سمحنا لهذه المنظمة بالنمو، فقد ينهار كل ما بنيناه"

جلست نيا بجوار كاي ونظرت إليه وقالت: "ربما حان الوقت للعودة. ربما حان الوقت لتذكير العالم بما نمثله"

ساد الصمت للحظة. لقد وعدوا بعدم العودة، بأنهم سيعيشون في سلام، بعيدًا عن الفوضى. لكنهم كانوا يعلمون أيضًا، أنه إذا لم يتدخلوا، فإن ما حققوه بشق الأنفس قد يضيع.

تحدث كاي أخيرًا قائلاً: "لم نكن نرغب في العودة لهذا العالم، لكن لا يمكننا تجاهل ما يحدث. إذا كانت هذه المنظمة تدمر كل ما أنشأناه، فيجب أن نتدخل. ولكن هذه المرة، سيكون الأمر مختلفًا. لن نحارب بالعنف. سنذكر هم بمن نحن".

وافق ليو على كلامه قائلاً: "لا نحتاج أن نكون كما كنا من قبل. لسنا لصوصًا، ولسنا مجرمين. نحن أخوّة. وهذا ما سنذكر هم به".

بالاتفاق الصامت، بدأوا في التخطيط. لم يكن الأمر يتعلق بالإطاحة بالحكومات أو سرقة البنوك هذه المرة. كانت معركة أفكار، معركة من أجل إعادة الأمل الذي زرعوه في قلوب الناس.

أطلقوا حملة عالمية، مستخدمين نفس الشبكات التي استخدموها من قبل لفضح الفساد. أرسلوا رسائل عن الوحدة، والحرية، والعدالة، مذكرين العالم بأنه لا يجب السماح للظلال بالتحكم في مصير الجميع.

انتشرت الفيديوهات والصور والرسائل بسرعة. وفي غضون أيام، بدأت المنظمة السرية في التراجع. كان العالم قد تغير، ولم يعد هناك مكان للسيطرة عبر الخوف أو التلاعب. بدأ الناس في استعادة قوتهم من جديد.

وهكذا، بدلاً من العودة إلى ساحة المعركة، قاد أعضاء "أخوّة بلا حدود" العالم بالكلمات والأفكار وقوة الوحدة.

نظر لوكا إلى العالم وهو يستجيب لنداءاتهم، ثم التفت إلى أصدقائه قائلاً: "يبدو أنه لا يزال لدينا ما نقدمه للعالم، بعد كل شيء".

أمسك كاي بيد نيا ونظر إلى الأفق قائلاً: "دائمًا سيكون لدينا ما نقدمه. ما دام هناك أشخاص مستعدون للقتال من أجل مستقبل أفضل، سنكون لهم مصدر إلهام".

لم تكن الأخوّة بحاجة لأن تكون في مركز الأضواء لتغيير العالم. كان إرثهم، وتأثيرهم، وحبهم للحرية مزروعين بعمق في المجتمع. كان المستقبل ملكًا للجميع، وما دام هناك من يتذكر المبادئ التي ناضلوا من أجلها، فإن العالم سيستمر، أقوى وأكثر اتحادًا من أي وقت مضى.

وهكذا، تركت "أخوّة بلا حدود" رسالتهم الأخيرة والأهم: أن القوة الحقيقية ليست في السيطرة، بل في التحرير. في إعطاء العالم الأدوات ليكون أفضل، والثقة في أن الإنسانية ستعرف كيف تستخدمها.

كان الفصل الأخير من قصتهم ليس معركة ملحمية أو نصرًا ماديًا كبيرًا. كان تجسيدًا لفهم العالم لرسالتهم. ومع هذا السلام في قلوبهم، أدرك أعضاء الأخوّة أن مهمتهم قد انتهت.

الفصل 42: ولادة الأمل من جديد

مرت الأيام وبدأت حملة "الأخوية بلا حدود" تؤتي ثمارها. انضم المواطنون، الذين تأثروا برسائل الوحدة والعدالة، في احتجاجات سلمية وحوارات بناءة. امتلأت شوارع المدن بلافتات تُنادي بالحرية، والشفافية، وضرورة إحداث تغيير حقيقي. كانت ولادة جديدة للأمل.

في تلك الأثناء، في الغابة التي بدأت فيها رحلتهم، كان الفريق يجتمع بانتظام لمناقشة التقدم ووضع خططهم التالية. كانت الأجواء مفعمة بالتفاؤل، ولكنها لم تخلُ من القلق. كانوا يعلمون أن المنظمة السرية لن تتخلى بسهولة عن أهدافها.

اقترح لوكا، كعادته المتحمسة، فكرة جديدة. "ماذا لو نظمنا مؤتمرًا عالميًا عبر الإنترنت؟ يمكن أن يكون مكانًا لمشاركة الناس قصصهم، نضالاتهم، وانتصاراتهم. سيكون مكانًا نجمع فيه أصواتنا ونظهر أننا أقوى معًا."

أومأ أمادو بالموافقة. "فكرة رائعة. نحتاج إلى منحهم منصة للتعبير. الأمر لا يتعلق بنا فقط، بل بكل من تأثر بهذه المنظمة. صوتهم له أهمية كبرى."

وافق كاي وأضاف قائلاً: "يمكننا دعوة خبراء ونشطاء وأشخاصاً قاتلوا ضد الظلم. ستكون فرصة للناس للشعور بأنهم جزء من شيء أكبر."

مع وضع الفكرة نصب أعينهم، بدأوا في تنظيم المؤتمر. عملوا على اللوجستيات، وخلقوا مساحة افتراضية يمكن للجميع الوصول إليها. انتشر الخبر بسرعة، وزادت التوقعات بين أولئك الذين كانوا يتابعون حركتهم.

حلّ يوم المؤتمر، وبينما كانوا يتصلون بالمنصة، شعر الفريق بمزيج من التوتر والحماس. امتلأت الشاشات بوجوه من مختلف أنحاء العالم، كل منهم يحمل قصة يرويها. من نشطاء في بلدان مقهورة إلى مواطنين عاديين وجدوا الشجاعة لرفع أصواتهم، كانوا جميعًا هناك لمشاركة تجاربهم.

تحول المؤتمر إلى نجاح كبير. قصص النضال والمقاومة ترددت في كل مكان. تواصل الناس ليس فقط عبر كلماتهم، بل أيضًا عبر مشاعرهم. امتلأ الفضاء

الافتراضي بالضحكات، والبكاء، والتصفيق، مما خلق مجتمعًا عالميًا متحدًا بهدف واحد: مستقبل أفضل.

شعرت نيا، التي كانت إحدى مديري الحوار، بالإلهام وهي تستمع إلى المشاركين. "هذا هو القوة الحقيقية للبشرية. لا يتعلق الأمر بمجموعة واحدة، بل بنا جميعًا. معًا، نحن لا يمكن إيقافنا".

ومع تقدم المؤتمر، تم التطرق إلى قضايا الفساد، وعدم المساواة، وأهمية الشفافية في الحكومة. قدم الخبراء حلولاً واستراتيجيات، بينما شارك المواطنون كيفية تطبيقهم لهذه التغييرات في مجتمعاتهم الخاصة. كان الأمل ملموسًا في الهواء.

في ظل هذا الحراك، بدأت المنظمة السرية تتزعزع. الضغط العام، إلى جانب تزايد وحدة الناس، أدى إلى ضعف سيطرتهم من خلال التلاعب. وبدأت الحقائق حول أنشطتهم في الظهور، وأصبحت الحقيقة سلاحًا قويًا.

لكن إرث "الأخوية بلا حدود" لم يكن فقط في مقاومة القهر، بل أيضًا في بناء مستقبل حيث تكون العدالة والحرية أساسية. ولهذا، بعد المؤتمر، قرروا إنشاء شبكة دعم، منصة يمكن من خلالها للناس الاستمرار في تبادل الأفكار والموارد.

على مدار الأسابيع التالية، كرس الفريق جهوده لإقامة هذه الشبكة. ربطوا القادة المحليين، والنشطاء، والمواطنين الراغبين في إحداث فرق، وقدموا لهم الأدوات اللازمة لتنظيم أنفسهم في مجتمعاتهم. كان ذلك بمثابة حركة قاعدية حقيقية، حيث كان لكل صوت دور ولكل فعل أهمية.

في نفس الوقت، بدأت وسائل الإعلام بتغطية تأثير المؤتمر واستجابة المجتمع. زادت الرؤية وانضم المزيد من الناس للقضية، متأثرين بقوة الوحدة والعزيمة. أصبحت قصة "الأخوية بلا حدود" رمزًا للأمل في عالم كثيرًا ما بدا مظلمًا.

قال كاي، بينما كان ينظر إلى أصدقائه في أحد اجتماعاتهم، "ما خلقناه هو مجرد البداية. البشرية لديها إمكانيات لا حصر لها. نحن فقط بحاجة إلى تذكيرهم بأنهم يمتلكون القوة لإحداث التغيير".

ومع استمرار الفريق في العمل، بدأت الأخبار تصلهم عن تغييرات في الحكومات المحلية والوطنية. كان يتم الاستماع إلى الناس، وبدأت الإصلاحات تتخذ مكانها. لم تنته المعركة، لكن المشهد أصبح أكثر تفاؤلاً من أي وقت مضى.

تحولت "الأخوية بلا حدود" من مجموعة من الشباب المثاليين إلى حركة عالمية. ورغم التحديات التي واجهوها، فإن إيمانهم بالبشرية وبقوة الوحدة كان ثابتًا.

كان الفصل من قصتهم بعيدًا عن الانتهاء. لقد زرعوا بذور التغيير، وحان الآن وقت سقيها والسماح لها بأن تزهر. إرث "الأخوية" لم يكن فقط في الماضي، بل كان أيضًا في المستقبل الذي كانوا يبنونه بكل فعل، وكل كلمة، وكل قلب ينضم لقضيتهم.

وهكذا، استمر تجدد الأمل، وتحولت قصة "الأخوية بلا حدود" إلى منارة ضوء في أوقات الظلام.

صدى النجاح

كانت الرياح تهب بلطف بين أشجار الغابة، حاملة معها همسات فجر جديد. لقد نجحت "الأخوية بلا حدود" في تحقيق تأثير ملموس في المجتمع، وأصداء نجاحهم كانت تتردد في كل زاوية من العالم. لقد كانت المؤتمر مجرد البداية؛ ما تلاه كان سيلًا من الإنجازات التي حولت حياة الآلاف، بل الملايين.

في صباح مشرق، اجتمعوا في مكانهم المعتاد، محاطين بالطبيعة التي كانت دومًا ملاذهم. كانت الطاقة في الهواء كهربائية، مشبعة بتفاؤل معدي. تحدث كاي بابتسامة أضاءت وجهه: "اليوم نحتفل ليس فقط بإنجازاتنا، بل بقوة الوحدة التي زرعناها. الناس بدأوا في رؤية ثمار عملنا".

أضاف لوكا، مفعمًا بحماسة الحملة الأخيرة في صوته: "الإصلاحات بدأت في عدة حكومات. تم تمرير قوانين جديدة للشفافية في أكثر من عشر دول. الناس يطالبون بالمحاسبة، والأهم من ذلك، أنهم يُسمعون".

انضم أمادو إلى الحديث، بصوت مفعم بالفخر. "وليس هذا فقط. المجتمعات بدأت في التنظيم في شبكات دعم، حيث يمكن للناس تبادل الموارد ومساعدة الأكثر ضعفًا. نرى عودة للتضامن الذي كنا نظن أنه مفقود".

علقت نيا بنظرة مشرقة: "حتى أننا تلقينا دعوات للتحدث في مؤتمرات دولية. يتم الاعتراف بنا كنموذج يحتذى به في الكفاح من أجل العدالة والمساواة. رسالتنا تنتشر كالنار المشتعلة".

حينها وصلتهم الأخبار: جائزة دولية مرموقة مُنحت لـ"الأخوية بلا حدود" تقديرًا لمساهمتهم في تقدم حقوق الإنسان والعدالة الاجتماعية. سيتم الاحتفال بها في مدينة عالمية مرموقة. انفجرت المشاعر في ضحكات وعناق، وشعر الفريق بأن جهودهم قد تم تقديرها بأجمل الطرق.

هتف تاهو بحماسة: "هذا رائع! نحن لا نقوم فقط بالتغيير، بل يُعترف بنا أيضًا من أجله! هذا هو الوقت المثالي لنقل رسالتنا إلى أبعد الحدود".

وبرياح مواتية، بدأوا في التخطيط لرحلتهم لاستلام الجائزة. الفكرة كانت ليست فقط لقبول الجائزة، بل أيضًا استغلال المنصة لنشر رؤيتهم وتشجيع الآخرين على الانضمام إلى قضيتهم. قرروا أن يكون لكل واحد منهم دور مهم في الحفل، لإظهار أن الأخوية كانت جهدًا جماعيًا، متحدة بهدف مشترك.

حل يوم الحفل، وكانت المدينة تضج بطاقة الأمل. عند دخولهم القاعة، استُقبلوا بالتصفيق والهتافات. الأضواء كانت تلمع بقوة، والأجواء مشبعة بالمشاعر. على المسرح، اجتمع أشخاص من جميع أنحاء العالم، جميعهم يحملون قصص نضال ونجاح، لكن اليوم كان دورهم في التألق.

تحدث كاي أولًا بثقة هادئة: "هذه الجائزة ليست لنا وحدنا، بل لكل من رفع صوته بحثًا عن التغيير. كل واحد منكم هو جزء من هذه القصة. معًا، أثبتنا أن الوحدة يمكنها أن تحول المجتمعات".

تابع لوكا، مشاركًا قصصًا لأشخاص تأثروا بالحركة. "لقد رأينا كيف نهضت المجتمعات، وكيف بدأ المواطنون بالمطالبة بحقوقهم والسيطرة على مستقبلهم. هذا مجرد البداية".

كانت كلمات نيا قوية وملهمة. "الأمر لا يتعلق فقط بما أنجزناه، بل بما يمكننا تحقيقه. لكل منا القدرة على أن يكون وكيلًا للتغيير. الثورة الحقيقية تبدأ في قلوبنا وتمتد إلى أفعالنا اليومية".

بينما كانوا يشاركون قصصهم، لم يستطع الجمهور إلا أن يشعر بالإلهام. نهض الناس، يصفقون بحرارة، يشعرون أن الأمل قد أعيد إشعاله في نفوسهم. لم تغير "الأخوية بلا حدود" حياة من يعرفونهم فقط، بل أشعلت شرارة في قلب كل شخص حاضر.

أخيرًا، جاء وقت استلام الجائزة. بنظرات مليئة بالامتنان، تقدم الفريق نحو المسرح. عند رفعهم للجائزة، دوى تصفيق صاخب في القاعة. كان ذلك لحظة انتصار، احتفالًا بكل ما حققوه معًا.

بينما نظروا حولهم، أدركوا أن رحلتهم بالكاد بدأت. صدى نجاحهم لن يتردد فقط في تلك اللحظة، بل سيستمر في الانتشار، ملهمًا الآخرين للانضمام إلى قضيتهم والنضال من أجل عالم أكثر عدلًا.

عادوا إلى الغابة، واحتضنوا بعضهم، يشعرون بقوة اتحادهم. كانوا يعلمون أن أمامهم الكثير ليحققوه، لكنهم الآن يملكون دافعًا متجددًا. كل واحد منهم كان يؤمن بقوة أحلامهم، ومعًا، بدأوا في تحقيقها.

وهكذا، مع الرياح المواتية وأرواحهم مليئة بالأمل، واصلت "الأخوية بلا حدود" مسيرتها، عالمين أن النجاح الحقيقي ليس فقط اعترافًا، بل التأثير الذي يخلقونه في قلوب الناس. ومع كل خطوة يخطونها، كان العالم يزداد إشراقًا.

الفصل الأخير: اختيار w

كانت الشمس بدأت تختفي خلف الجبال، تغمر الغابة في توهج دافئ ذهبي. اجتمع الأصدقاء الستة مرة أخرى حول نار المخيم، مستشعرين خشخشة الحطب ورائحة الأرض الرطبة التي تذكرهم بسنوات المغامرات التي شاركوها. لقد قطعوا شوطًا طويلًا، وواجهوا تحديات واحتفلوا بالانتصارات، والآن كانوا أمام قرار سيغير حياتهم إلى الأبد.

وصلتهم الأخبار عبر رسالة غير متوقعة: تم تطوير علاج يعد بالخلود. لقد أثارت هذه الأخبار ضجة في العالم، وطلب الكثيرون أن يكونوا جزءًا من هذا التقدم. ومع ذلك، كان أعضاء "الأخوة بلا حدود" الستة يعلمون أن هذا أكثر من مجرد اختيار بسيط؛ إنه معضلة أخلاقية تختبر مبادئهم.

كسر كاي، الذي كان دائمًا القائد المتأمل، الصمت. "لقد قاتلنا من أجل عالم أفضل، من أجل العدالة والمساواة. هل نريد حقًا العيش إلى الأبد في عالم لا يزال يحتاج إلى الكثير من العمل؟"

تدخل أمدو، بصوته الهادئ ولكنه الحازم: "قد يبدو الخلود هدية، لكن ماذا سيحدث لتوازن الحياة؟ الموت جزء من الطبيعة، وربما يجب علينا قبول أن وقتنا هنا له غرض."

نظر لوكا، المتحمس دائمًا، إلى أصدقائه بقلق. "لكن لنتخيل كل ما يمكن أن نفعله إذا كان لدينا المزيد من الوقت. يمكننا الاستمرار في النضال من أجل التغيير، وتوسيع تأثيرنا ومساعدة المزيد من الناس."

تأمل أمدو، بحكمته الفطرية، بصوت عالٍ: "لكن، بأي ثمن؟ إذا اخترنا الخلود، قد نفقد الشعور بالعجلة الذي يدفع عملنا. الوقت يذكرنا بأن كل لحظة تهم، وأن كل حياة لها قيمة."

أومأ تاهو، المعروف بهدوئه وسكينته. "الخلود الحقيقي لا يكمن في الجسد، نا، جهودنا من أجل الخير، هذا هو ما سيبقى في الإرث الذي نتركه. مثل ideals بل في ذاكرة الإنسانية."

أخيرًا، بنظرة مصممة، اقترح كاي: "إذا اخترنا عدم أخذ العلاج، يجب أن ندمره. لا يمكننا السماح لهذه التكنولوجيا أن تقع في الأيدي الخطأ، حيث يمكن استخدامها من أجل السيطرة والتلاعب. يجب ألا يكون الخلود امتيازًا، بل مفهومًا يلهم الناس للعيش بشكل كامل في كل يوم لديهم"

نظر إليهم المجموعة، مدركين أن هذا القرار كان تتويجًا لسنوات كفاحهم. لقد تم اختيارهم ليس فقط ليكونوا حاملي الأمل، بل أيضًا ليكونوا حراس التوازن. مع إيماءة متبادلة، قرروا أن إرثهم يجب أن يكون واحدًا من الحب والعدالة والإنسانية.

وهكذا، التزموا بتدمير مشروع الخلود. مع كل خطوة نحو المنشأة حيث تم تطوير العلاج، كانت قلوبهم تنبض بقوة. كانوا يعلمون أنهم كانوا يختارون الطريق الأصعب، ولكن أيضًا الأكثر نبلاً. كانت الحياة، بضعفها وجمالها، هدية يجب عليهم تكريمها.

عندما وصلوا أخيرًا، واجهوا المطورين للعلاج، الذين لم يستطيعوا فهم قرارهم. "لماذا ترفضون فرصة العيش إلى الأبد؟" سأل أحدهم، غير مصدق.

أجاب كاي، بنظرة حازمة: "لأن القوة الحقيقية لا تكمن في السيطرة على الحياة والموت، بل في كيفية اختيارنا العيش كل يوم. الخلود ليس حقًا، بل هو وهم. نفضل ترك عالم تُقدر فيه الحياة، حيث يحصل كل إنسان على فرصة لترك بصمته"

بعزم، قاموا بتدمير المشروع، متأكدين من أن هذه التكنولوجيا لن تستخدم لأغراض أخرى سوى الخير. عند القيام بذلك، شعروا بتحرر، وكأن وزن العالم قد خف على أكتافهم.

بعد إنجازهم، عادوا إلى الغابة، عالمين أنهم اتخذوا القرار الصحيح. جلسوا مرة أخرى حول النار، يضحكون ويتشاركون قصص مغامراتهم السابقة. لم يكن الخلود هو ما كانوا يبحثون عنه؛ ما كان يهم حقًا هو الحب، الصداقة، والأثر الذي تركوه في العالم.

وهكذا، في لقائهم الأخير، تأملوا رحلتهم. "لقد تعلمنا أن الخير دائمًا ما ينتصر على الشر عندما يتحد الناس من أجل قضية عادلة"، قال ليو. "ليس الأمر عن العيش إلى الأبد، بل عن العيش بهدف".

مع السماء المليئة بالنجوم كشاهد، وعد الأصدقاء الستة بالاستمرار في كفاحهم من أجل عالم أفضل، متذكرين أن إرثهم الحقيقي سيعيش في كل قلب لمسوه. ومع هذه السكينة في قلوبهم، علموا أن مهمتهم قد اكتملت، ليس من خلال الوقت الذي عاشوه، بل من خلال عمق حبهم والتزامهم بالإنسانية.

وهكذا، لم يكن الفصل الأخير من قصتهم مجرد وداع، بل بداية جديدة لجميع الذين سيتبعون مثالهم، حاملاً مشعل الخير في عالم مليء بالاحتمالات.

بينما كانوا يتأملون شروق الشمس، أحاط ضوء ساطع بالأصدقاء الستة." ارتفعت أجسادهم عن الأرض وسحبت نحو السماء، نحو بُعد غير معروف. عند نظرهم لأسفل، رأوا كيف تحولت الأرض، مغطاة بطبقة من النور. مدن مزدهرة، أشخاص يعيشون في انسجام وكوكب صحي ومزدهر. أدركوا أن تضحيتهم قد أتت ثمارها.

لقد تم اختيارهم ليكونوا حراس الأرض، أمناء الأمل. من منزلهم الكوني الجديد، سيستمرون في توجيه الإنسانية نحو مستقبل مشرق. ورغم أن وجودهم الجسدي لم يعد بين الأحياء، فإن روحهم ستعيش إلى الأبد في قلوب كل من تم لمسه بنورهم."

ملخص الكتاب: "أخوة بلا حدود"

يحكي هذا الكتاب القصة الاستثنائية لستة شباب من فيلادلفيا، الذين اجتمعوا بهدف جريء: تحطيم الحدود في العالم، سواء المادية أو الفكرية. بدأ كاي، وأمادو، ولوكا، وليو، وتاهو، ومالك أيامهم بلعب كرة السلة في ملعب محلي، لكن سرعان ما دفعتهم أحلامهم بعالم أكثر عدلاً إلى اتخاذ قرارات أكبر.

بشجاعة وإصرار، بدأ هؤلاء الشبان حملة لمساعدة المحتاجين، حيث قاموا بسرقة البنوك من أجل إعادة توزيع الثروة لأولئك الذين هم في أمسّ الحاجة إليها. ومع توسع مهمتهم، شكلوا "أخوة بلا حدود"، وتحولت أفكارهم إلى حركة عالمية. ومن خلال إنشاء شركات ثورية وإرساء دستور عالمي جديد، نجحت جماعتهم في تغيير النظام السياسي والاجتماعي، مما مهد الطريق لعالم أكثر حرية وإنصافاً وتعاوناً.

واجهوا خلال رحلتهم نخباً قوية، ودكتاتوريين، وعصابات دولية، لكنهم كانوا دائماً يخرجون منتصرين، ليس فقط بفضل دهائهم، بل أيضاً بإبداعهم. كما طوروا تقنيات مذهلة، بدءاً من دواء يقضي على الإدمان إلى تقدم في الذكاء الاصطناعي وأنظمة الأمن. لم تكن أفعالهم موجهة للحاضر فقط، بل لبناء إرث يلهم الأجيال القادمة.

بفضل الدستور الجديد الذي وضع السلطة بيد الشعب وسمح بالسفر بحرية حول العالم، صنعت "الأخوة" تاريخاً. أصبحت إنجازاتهم أساساً لعصر جديد، حيث كانت الوحدة والتعاون هما القيم الأساسية.

هذه الرواية هي رحلة مليئة بالإثارة والتأمل والتحول، حيث يتم تحدي حدود الممكن بإصرار عدد قليل من الأفراد. إنها تذكير بأنه، مع الجهد والرؤية، يمكن أن يتغير العالم نحو الأفضل.

بتّو غارسيا

ألديافيلا دي لا ريبيرا، سالامانكا، إسبانيا

Gbalbert1968@gmail.com